Marlene Faro

Frauen die Prosecco trinken

Marlene Faro

Frauen die Prosecco trinken

Roman

Philipp Reclam jun. Stuttgart

Für meine Mutter

RECLAM TASCHENBUCH Nr. 20024

Umschlaggestaltung: büroecco!, Augsburg,
unter Verwendung eines Fotos, © istockphoto
Gesamtherstellung: Reclam, Ditzingen
Printed in Germany 2008
RECLAM ist eine eingetragene Marke
der Philipp Reclam jun. GmbH & Co., Stuttgart
ISBN 978-3-15-020024-7

www.reclam.de

1

Ich habe ein kluges Gesicht.
Einer Frau kann gar nichts Grässlicheres passieren. Cellulitis lässt sich unter spitzenbesetzten Boxershorts verstecken Krähenfüße lassen sich hinter die Ohrmuscheln straffen. Männer verzeihen ja fast alles. Oder besser gesagt, sie übersehen fast alles, diese ahnungslosen Opfer unserer hochtechnisierten Verführungskunst.

Bloß bei mir ist einfach nichts zu retten. Die Augenbrauen ironisch geschwungen, das Lächeln immer eine Spur maliziös. Männer tun sich schwer damit – obwohl sie doch alle auf kluge Frauen angeblich geradezu versessen sind.

Ich habe sogar schon Romy vom Ressort »Kosmetik und Körperpflege« um Rat gefragt. Romy, die Großmeisterin des Rougepinsels, kennt jeden Trick gegen Schlupflider und plumpe Backenknochen. An mir hat sie einen Nachmittag lang herumgemalt. Das magere Ergebnis: »Betone deine Lippen, Flora, die sind das Beste an dir. Und dann hast du ja auch noch deine Haare.«

Meine Haare, ach ja. Rotblonde Kringel, die wachsen wie Schnittlauch. An manchen Tagen verleihen sie mir das Flair einer irischen Schäferin. Den Rest des Jahres sehe ich eher aus wie ein irischer Hirtenhund.

Heute zum Beispiel.

Dabei ist gerade heute ein perfektes Auftreten gefragt, federnde Dynamik. Jugendlich straff und sportlich, aber nicht zu dominant. Feminin und elegant, verführerisch, aber nicht vulgär. Oder war es umgekehrt?

Ich pinsle »Wild Amber« auf meine Lippen, die doch das Beste an mir sind, und schüttle mein Haar kopfüber. Wie gemütlich ist es hier auf dem Klo. Ob unsere Konferenzen wohl amüsanter wären, wenn wir sie zwischen Waschtisch und Klappspiegeln abhalten würden?

Genug gegrübelt, Flora, die nächste Miete für dein kuscheliges kleines Appartement mit Terrasse will überwiesen sein. Dynamisch federnd kehre ich zur Konferenz zurück.

*

Der Konferenzraum ist ganz in Weiß gehalten.

Weißer Teppichboden und weiße Lamellengardinen über weißen Tapeten. Weiß der Tisch, die Vase, die Tulpen.

Rundum die blassen Gesichter der Ressortleiterinnen, dazwischen die Farbtupfer der Stylistinnen und Fotoassistentinnen. Armanischlammbraun, jilsanderockerkalkgrau. Vor dem riesigen Panoramafenster, das Licht schmeichelnd im Rücken, thront »La Principessa«, die Chefredakteurin, und trägt schwer an ihrem Make-up.

Da sitzen wir, ein Dutzend Frauen in den allerbesten Jahren, duftend, gesalbt und erfolgreich, die Insignien der Macht blitzen diskret am Handgelenk und am kleinen Finger. Blendend wie das Trugbild, das wir so gewinnbringend verkaufen.

Einst sind wir angetreten, unseren Mitschwestern den Rücken zu stärken. Aber längst verbreiten wir nur noch Missbehagen, fabrizieren mit leichter Hand ein pünktlich wiederkehrendes Gefühl der Unzulänglichkeit, so willkommen wie Menstruationsbeschwerden. Einst haben die Älteren von uns ihre BHs verbrannt oder sich wenigstens geschworen, nie wieder solch ein Folterinstrument zu erdulden. Heute zwängen wir uns in kratzige Spitzenbodys und preisen das Körpergefühl der neuen Weiblichkeit.

»Marilyn« ist ein Renner, Millionen von Frauen zittern allmonatlich dem neuesten Heft entgegen. Prallgefüllt mit den Fragen der Zeit. Wie angle ich mir einen Mann, wie kriege ich ihn in mein seidenlakenbezogenes Bett und halte ihn darin bis zum nächsten Morgen, besser noch für immer? Wie mache ich es, dass meine Zähne blendend weiß blinken und mein Atem stets kussfrisch ist? Wie bügle ich die Dellen aus meinen Oberschenkeln und sehe auch nach einer Drillingszangengeburt noch knackig frisch wie ein junges Radieschen aus? Wie verdiene ich einen Haufen Geld und zaubere doch am Abend ein flaumiges Soufflé auf den Tisch?

Fragen über Fragen, aber zum Glück macht uns von »Marilyn« kein Thema angst, und sei es noch so brisant und heikel. Kritisch durchleuchten wir sogar peinliche Auswüchse der von uns fabrizierten Trends.

Am Titelblatt das magersüchtige Model in Größe 34, im Mittelteil die neue Frühjahrsmode, Taille ist wieder in, auf Seite 208 die erschütternde Reportage über Bulimie, samt Adressen und Telefonnummern von Selbsthilfegruppen. Das ist die große Kür der flächendeckenden Berichterstattung, völlig zu Recht blättert Principessa mit stolzem Lächeln in unserer letzten Ausgabe.

Aber das wohlige Gefühl der Selbstzufriedenheit hält nicht lange vor. Die Augustnummer steht an, über zweihundert Seiten müssen gefüllt werden. Dabei ist doch schon alles geschrieben, beschrieben, umgeschrieben, abgeschrieben.

»Gourmettipps aus Somalia«, witzelt Ernährungsexpertin Irene, aber das hebt die Stimmung auch nur mäßig.

Seufzen und das leise Rascheln von Papier füllt den Raum, die unsichtbare Leserin sitzt allen wie eine Faust im Nacken.

Jede von uns hat sich ihre höchstpersönliche »Marilyn« zurechtgeschnitzt. Die meine ist Friseuse, mit blondierten Strähnchen im Haar und Ekzemen zwischen den Fingern vom vielen Färben und Dauerwellen. Wenn sie sich zwischen Shampooflaschen und Trockenhauben eine kurze Zigarette vergönnt, dann träumt sie von einem eigenen Salon, oder besser noch von einem Leben als reiche Witwe auf den Malediven.

Statt dessen reicht es nur jeden Monatsersten für die neueste Ausgabe von »Marilyn«. Meine Friseuse sitzt dann in der S-Bahn und beschließt, gleich morgen früh mit der sensationellen Enzymdiät aus dem Saft von Papayas und Pampelmusen zu beginnen. Sonst läuft ihr nämlich der bierbäuchige Typ an ihrer Seite auf und davon, mit Joan Collins oder Lady Di, unser Ressort »Deine Partnerschaft und Du« verabsäumt es in keiner Nummer, auf diese stets drohende Gefahr hinzuweisen.

Eigentlich mag ich meine Friseuse. Ich kann nur nicht verstehen, weshalb sie sich von unseren Artikeln so unter Druck setzen lässt. Selber schuld, Mädel. Selber schuld?

Die Konferenz dümpelt vor sich hin.

»Alleinerziehende Mütter in Mecklenburg-Vorpommern«, erhebe ich kurz meine Stimme, bevor ich ganz einschlafe.

Die Mutter der Redaktion lächelt milde.

»Flora, Schätzchen, wir kennen deine glamourösen Vorschläge. Was hast du sonst noch anzubieten?«

Romy eilt mir zu Hilfe, diesmal ohne Rougepinsel.

»Die Hersteller von ›Twenty Forever‹ werden langsam ungeduldig. Jetzt schalten sie schon seit über einem Jahr

Annoncen für ihre Cremes und wir haben noch immer nicht über ihre Beautyfarm in der Normandie berichtet. Das wäre doch eine Geschichte für Flora. Die tollste Beautyfarm der Welt, mit ein wenig Sarkasmus aufgepeppt.«

Ich halte den Blicken der Chefredaktion stand.

»Vielleicht gar keine so dumme Idee. Flora, wir reden noch darüber.«

Zigarettenrauch nebelt uns ein, der Kaffee schmeckt längst bitter. Aber noch immer dürfen wir nicht nach Hause. Noch fehlt das Glanzstück unserer Augustnummer, das Aushängeschild jeder Frauenillustrierten zwischen Honolulu und Hammerfest, »die große Sexgeschichte«.

Veronika baut gerade eine schützende Mauer aus Würfelzucker rund um sich auf. Seit drei Jahren ist sie für die Sexthemen zuständig, seit eineinhalb Jahren lebt sie in konsequenter Askese. In letzter Zeit bekommt Veronika schon bei harmlosen Wörtern wie »Penetration« oder »Fellatio« Schüttelfrost und nervöse Pusteln am Dekolleté, sogar ihr Therapeut ist ratlos.

Bloß Principessa kennt keine Milde.

»Hat sich beim Sexologen-Kongress in Caracas etwas Neues ergeben?«

Veronika lässt ein gequältes Räuspern hören.

»Eigentlich nicht. Nur ein Vortrag über weiblichen Mehrfachorgasmus war ganz interessant.«

Nicht schon wieder!! Wir raufen uns die Haare, Friederun aus der Graphik versucht sich mit dem Filzstift zu entleiben. Veronika schweigt beleidigt.

Verstohlen wird in alten Heften geblättert. Was haben wir nicht schon alles erforscht, erogene Punkte und Zonen, ganze Landschaften der Lust vermessen.

Beiß mich, küss mich, streichle mich, mach mich fertig. Ich steh auf Narben, auf Glatzen, auf tätowierte und rasierte Haut. Ich hab's gerne leise, laut, im Dunkeln, in gleißendem Licht, in Leder, in Daunen, im Gras.

Heiliger Sankt Phallus, lass uns nur eine winzigkleine Idee gebären, eine allerletzte, für dieses eine Heft. Aber niemand hört unsere Gebete, wir müssen wohl auf ewig in diesem schneeweißen Gefängnis schmachten.

»Das Madonna-Syndrom.«

Ein leises Piepsen von der Tischecke rechts unten. Anita, unsere Volontärin, hat ganz rote Bäckchen vor Aufregung, schließlich hat sie gerade zum ersten Mal bei einer Konferenz etwas zu sagen gewagt.

»Wir haben in den letzten Nummern fast nur über wilden Sex geschrieben, über Sado und so. Da wäre es doch eine Abwechslung, einmal was über stilles Genießen zu bringen, eher die altmodische Variante eben. Das könnten wir dann als Madonna-Syndrom verkaufen, das macht sich sicherlich auch auf dem Titelblatt gut, weil es so zweideutig klingt.«

Anita, wir lieben dich! Du wirst es noch weit bringen. Und wer schreibt jetzt übers »Madonna-Syndrom«? Ein letztes Mal an diesem Nachmittag mache ich mich hinter meiner Henkeltasse klein.

Boiiing, die himmlische Vorsehung in Verkörperung der Textchefin hat Elfriede getroffen, unsere Starschreiberin fürs Tiefempfundene. Elfriede lächelt geschmeichelt-säuerlich. Zwölf Seiten über sanftes Genießen, das wird pure Fronarbeit.

»Mir hilft bei solchen Themen immer eine Überdosis Julio Iglesias«, gebe ich Elfriede einen kollegialen Tipp, aber die rollt nur die Augen. Elfriede steht auf große Oper, zur Sterbearie von Madame Butterfly beschreibt sie stets die erotischsten Verstrickungen.

Die Konferenz ist ausgesessen. Nichts wie raus aus diesem Raum, aus dieser Etage, diesem verspiegelten Gebäude.

Auf dem Parkplatz riecht es nach Erde und nassen Blättern, nach Frühling und Kinderkniestrümpfen. Ich atme tief durch und klettere in meinen veilchenblauen Geländewagen. Das Gefährt habe ich mir voller Zuversicht zugelegt, dafür stets und überall ausgiebig verlacht zu werden.

Eine Erwartung, die auch prompt eingetroffen ist. Aber es gibt mir ein winzig kleines Gefühl der Sicherheit, so hoch oben zu residieren, über all den baumelnden Babyschuhen und bestickten Klopapierhüllen, den komischen Sprüchen und Idioten ganz allgemein. Es weckt in mir die Hoffnung zu überleben, möglicherweise.

2

Es gibt drei Lebensformen für emanzipierte gutverdienende Frauen wie mich:

1. Du lebst allein.

Für Urlaube hast du deine Freundinnen. Am Sonntag besuchst du deine Mutter.

2. Du hast einen Liebhaber, den du aushältst. Er ist vorzugsweise Künstler und seit Jahren konsequent auf dem Weg nach oben. Er komponiert gerade die Fuge des Jahrhunderts, schreibt das Gedicht seiner Generation oder pinselt am großen Zyklus, Bienenwachs auf Rohseide.

3. Du bist eine Geliebte.

Nach reiflicher Überlegung habe ich mich für letztere Möglichkeit entschieden. Sie verlangt zwar eine Menge Geduld, macht aber wenig Mist. Privatleben spielt sich vorzugsweise in verschwiegenen kleinen Restaurants und verschwiegenen kleinen Hotels ab, fern von Abwasch und Schmutzwäsche. Von anderen Geliebten unterscheidet mich allerdings, dass ich mir selbstverständlich keine falschen Hoffnungen vorgaukle und vergnügt mein eigenes Leben lebe.

Heute bin ich allerdings ausnahmsweise ein klein wenig beunruhigt, schließlich ist es bald fünf Uhr nachmittags, und da sollte er schon längst angerufen haben. Denn Daniel ruft nun mal am liebsten aus seinem Büro in Hamburg an, nicht bloß, um Frau und Kind zu schonen, sondern auch das

Familienbudget. Daniel kauft sogar die Muttertagsblumen auf Spesen.

Das Telefon klingelt.

Daniel hält mir einen zehnminütigen Vortrag über die existenziellen Probleme eines Ressortleiters für innerdeutsche Angelegenheiten im Allgemeinen und seine Wurzelbehandlung vom Vormittag im Besonderen. Eine kurze Atempause nütze ich zu einem heimtückischen Gegenschlag unter die Gürtellinie.

»Nächste Woche fahre ich vielleicht in die Normandie, um die edelste Beautyfarm von ganz Europa zu testen.«

Daniel lacht neiderfüllt-hämisch.

»Immer am Puls der Zeit, das muss man euch lassen. Auf Sumatra stirbt der Regenwald, in Rio werden täglich Kinder erschossen, aber ›Marilyn‹ berichtet über Cremetöpfe.«

»Deshalb fährst du ja auch einen Jaguar Zwölfzylinder, weil du so ein engagierter Held bist, und isst am liebsten Weinbergschnecken.«

Daniel schaltet sofort zwei Gänge zurück.

»Ach Flora, du weißt ja gar nicht, wie sehr ich dich vermisse. Lass uns nicht streiten, ich bitte dich. Du bist doch so eine liebe Person.«

Flora, du bist so lieb. Was für ein unangemessenes Kompliment für eine Frau von sechsunddreißig Jahren, mit dem ich mich immer wieder herumschlagen muss. Dabei wäre ich so gerne niederträchtig, zickig oder wenigstens kapriziös. Statt dessen gelte ich als hilfsbereit, fürsorglich und anständig, jeder Pfadfinder verblasst zum unwirschen Rüpel neben mir. Flora, die für Patenkinder und Brunnenbauprojekte in der Dritten Welt spendet und stets ihre eigene Zeche bezahlt, wie langweilig. Für eine wie mich wird sich nie ein Mann aus dem obersten Stockwerk stürzen, bestenfalls aus dem Erdgeschoss.

Trübselig beende ich das Gespräch, der arme Daniel ist ganz ratlos.

»Bis morgen, Flora Schatz, und träume von mir.«

Dann träume ich gar nicht von Daniel.

Sondern ich träume von meiner Friseuse. Sie führt einen Salon in Caracas und färbt Brusthaare und Damenbart in den Modefarben der Saison ein. Ich möchte ihr gerne zurufen, Schwester, Freundin, aber meine Lippen sind mit »Wild Amber« verklebt.

*

Am nächsten Morgen in der Redaktion rattert das Faxgerät, dampft die Espressomaschine. Es klingt sehr geschäftig.

Friederun gießt sich die erste Tasse ein, heiß und schwarz, ehe sie in ihrem Kämmerchen verschwindet, eine hochbezahlte Kraft, Europameisterin im Retuschieren. Catherine Deneuve, wie durch einen Stützstrumpf fotografiert, Liz Taylor, offenbar im dichtesten schottischen Hochmoornebel aufgenommen. Friederun glättet Falten, ganz ohne Skalpell.

Ich trödle ein wenig herum, knabbere Dinkelkekse in der kleinen Teeküche gleich neben dem Reiseressort, schräg gegenüber von »Deine Partnerschaft und Du«.

Unsere Redaktion ist, wie alle frauendominierten Arbeitsplätze, höchst individuell dekoriert. Saskia tippt ihre »Gesundheits-News« von ökologisch einwandfreiem Mobiliar umgeben, Sabines Refugium schaut das ganze Jahr über aus wie ein Laura-Ashley-Showroom im Advent, Katharina von der Anzeigenabteilung residiert in edlem Chrom und Glas, Principessa auf einer weißen Wolke. Nur ich wandere von einem kurzfristig freien Schreibtisch zum nächsten, eine heimatlose Mitarbeiterin, stets auf der Hut vor einem gemütlichen Zimmerchen. Solange ich über keinen festen

Platz verfüge, so lange bin ich frei. Das gaukle ich mir jedenfalls gerne vor.

»Flora, *sie* will dich sprechen, aber nur ganz kurz. Sie muss gleich zu einem Arbeitsfrühstück mit dem Pressechef von ›Aston for Men‹, wegen dieser neuen Duftserie …«

Heidelinde, unsere Chefsekretärin, trifft genau den Ton zwischen Loyalität und Klatschbedürfnis. Schwungvoll schiebt sie mich durch die weiße Flügeltür, Flucht ist unmöglich.

Principessa hat sich eindeutig schön gemacht, sie wirkt noch atemberaubender perfekt als üblich. Sogar ihre Lieblingsohrgehänge hat sie angelegt, krapfenähnliche Gebilde aus massivem Gold. Fasziniert starre ich auf die gemarterten Ohrläppchen, ausgeleiert wie kleine Schnitzel. Ob das noch lange gutgeht …

»… aber bitte ohne deinen üblichen Sarkasmus. Ich hoffe, du weißt diesen Auftrag zu schätzen, er ist wirklich etwas ganz Besonderes.«

Principessa stopft Akten in ein kalbsledernes Köfferchen, wir stehen vor ihrem Schreibtisch, auf dem sich kreatives Chaos türmt.

Ich nicke pflichtschuldigst begeistert. Es gibt wahrlich Schlimmeres als eine Woche Normandie, auch wenn man sie auf einer Beauty-Farm verbringen muss.

Das »Madonna-Syndrom«, zum Beispiel.

Die Audienz ist beendet, huldvoll werde ich mit zwei Wangenküsschen verabschiedet. Liebste, Beste, Ciao, Adieu. Wir vermögen uns kaum zu trennen.

Beim Hinausgehen spüre ich ein heftiges Kribbeln in meinen Ohren, offenbar ein parapsychologisches Phänomen. Vielleicht sollte ich unserem Esoterik-Ressort davon erzählen.

Der Nachmittag wird genüsslich vertrödelt. Schließlich

muss man sich auf eine Woche Luxus entsprechend vorbereiten und einstimmen, auch innerlich. Ich führe ein langes Gespräch mit Daniel, »Marilyn« bezahlt, und weide mich an seinen giftigen Kommentaren.

Obwohl, einerseits, und andererseits, sollten nicht die deutsch-französischen Beziehungen wieder einmal vor Ort recherchiert werden, wir überlegen laut am Telefon. Vielleicht ginge sich ja sogar ein gemeinsamer Tag in Paris aus, auf Spesen natürlich, Daniel erwärmt sich hörbar für diese Idee.

»Flora, Liebste, du und ich in einem kleinen Café, über die Boulevards bummeln, und dann ...«

Die Leitung beginnt vor Vorfreude zu vibrieren, Romy grinst zur Tür herein. Daniel will mir am Abend Bescheid geben.

Nur, an diesem Abend habe ich ausnahmsweise keine Zeit, auf seinen Anruf zu lauern, Daniel muss diese lieblose Tatsache nörgelnd zur Kenntnis nehmen.

»Gehe ich recht in der Annahme, dass wieder einmal eine eurer Frauenrunden in diesem grässlichen Lokal angesagt ist?«

Mein Liebhaber klingt plötzlich wie der Rateonkel aus einem bunten Vorabendquiz.

»Der Kandidat hat hundert Punkte«, gebe ich zurück und lächle aspartamsüß, aber das kann er ja gar nicht sehen.

*

Das »grässliche Lokal« findet auch nur jemand grässlich, der auf norddeutsche Gemütlichkeit trainiert ist. Jedermann sonst liebt das »Solo Fino«. Mich hat das Schild über dem grünlackierten Eingangsportal angezogen, »Triest-Genua-New York«, vor vielen Jahren vom

Großvater des heutigen Besitzers liebevoll mit der Hand gepinselt.

Eigentlich ist das »Solo Fino« ja nur ein ehemaliges Lagergewölbe im ältesten Teil der Stadt, am Samstagabend knarren die Holzdielen bedenklich unter dem Gewicht der Gäste. Aber das Licht ist sanft, die Kellner sind wunderschön, und der Grappa schwimmt wie perlmuttfarbenes Öl im Glas.

Heute Abend ist das Gedränge ganz besonders groß. Ich schlängle mich am Tresen entlang, vorbei an den Antipastitellern und dem einzigen sogenannten One-Night-Stand meines Lebens, peinlich, peinlich, wir grüßen uns betont freundlich, und erreiche aufatmend unseren Stammtisch im hintersten Winkel.

Lotte sitzt schon da und wickelt Spaghetti all'arrabiata um Gabel und Löffel, es sieht ziemlich verworren aus. Mit italienischen Teigwaren hat Lotte stets ihre Not, aber das ist auch so ziemlich ihr einziger Makel. Im Übrigen ist sie Lehrerin für Biologie, alleinerziehende Mutter, tadellos attraktiv, und eine meiner allerbesten Freundinnen.

»Nächste Woche muss ich in die Normandie, zu dieser Jahreszeit, stell dir das mal vor.«

Ich blähe meine Backen auf und versuche, bemitleidenswert auszusehen. Bei den Menschen, die ich mag, ist mir mein schicker Job oft ziemlich peinlich. Während ich mich für viel Geld in Frankreich salben und pflegen lasse, wird sich Lotte mit desinteressierten und unhöflichen Schülern im allerschrecklichsten Pubertätsalter herumplagen müssen. Dass sie mir ob dieser Diskrepanz noch nie unsere Freundschaft aufgekündigt hat, das rechne ich ihr hoch an.

Jetzt mustert mich Lotte halb belustigt, halb ärgerlich über ihre Nudeln hinweg.

»Du Ärmste, wohin wirst du denn diesmal verschickt?

Musst du Alain Delon interviewen oder sonst was Grässliches?«

»Ach, bloß eine kleine Geschichte über die Beauty-Farm von ›Twenty Forever‹, nichts Besonderes.«

Ich starre angestrengt in die Speisenkarte. Vorspeise und Nudeln, oder Nudeln und Dessert? Ob ich es riskieren soll, wieder hochzublicken?

Lotte wirkt zum Glück nicht neiderfüllt-erschlagen, sondern neiderfüllt-begeistert.

»Auf diese Beauty-Farm, also Flora, du bist wirklich ein Glückspilz. Ich habe schon Bilder davon gesehen, es muss einfach umwerfend sein. Und angeblich wird man wirklich um zehn Jahre jünger, mindestens.«

So enthusiasmiert kenne ich meine tüchtige Lotte gar nicht.

»Seit wann bist du denn derart auf dem Schönheitstrip?«

»Seit mir nichts anderes übrigbleibt.«

Lotte funkelt mich an.

»Du in deinem Elfenbeinturm bei ›Marilyn‹ hast doch gar keine Ahnung, wie es draußen so zugeht. Weißt du eigentlich, was es für einen Stress bedeutet, jeden Herbst mit jüngeren Kolleginnen geschlagen zu sein, hinter denen der Chef nur so herspeichelt? Und für meine Schüler bin ich überhaupt schon mit einem Bein im Grab. Meinen nächsten Bausparvertrag gebe ich für ein Lifting aus, jawohl.«

Mit offenem Mund starre ich meine Freundin Lotte an. Haben wir beide nicht erst kürzlich gegen Klitorisbeschneidungen in Schwarzafrika unterschrieben, nach diesem grässlichen Fernsehbericht? Und jetzt möchte sich meine älteste Freundin aufschlitzen und verstümmeln lassen?

»Kannst du mir bitte erklären, was das …«

Aber ich werde aus dem Konzept gebracht. Am Eingang gibt es einen kleinen Tumult, keine Skinheads, nur Ricarda, besser bekannt als die »Ivana Trump von Sindelfingen«, die ihren wöchentlichen Auftritt im »Solo Fino« zelebriert.

Mit gespitzten Lippen küsst sie sich gerade den Weg frei, unüberhörbar. Durch ihr trillerndes Gelächter ist Ivana, pardon Ricarda bei jeder Massenveranstaltung innerhalb von Sekunden zu orten, seltsamerweise scheint ebendieses Getriller manche Männer anzuziehen. Vermutlich haben sie alle in ihrer Kindheit eine schwere Mittelohrentzündung durchgemacht und sind dankbar für jeden Ton, der zu ihnen durchdringt. Erst kürzlich hat sich unsere Freundin den meistbeschäftigten Scheidungsanwalt der Stadt gekrallt.

»Huch.«

Ricarda lässt sich auf den Stuhl zwischen Lotte und mir plumpsen und zupft anmutig-erschöpft an ihrem Haarkegel herum, der unter den vielen Umarmungen ein wenig gelitten hat.

»Na, wie geht's, Mädels?«

Na, das klingt ja ganz schön anmaßend, ich merke, wie plötzlich eine Welle der Übellaunigkeit über mir zusammenschwappt.

»Ach, nicht schlecht. Nächste Woche fliege ich nach Paris und dann weiter in die Normandie. Ich teste dort eine Woche lang die teuerste, berühmteste und edelste Schönheitsfarm der Welt, die von ›Twenty Forever‹, du weißt schon. Angeblich lässt sich dort sogar der junge Kennedy massieren. Es soll einfach unbeschreiblich toll sein.«

Peng, das hat sie nun davon, die toupierte Ricarda. Ich sinke ermattet zurück, Lotte blickt mich besorgt von der Seite an.

»Flora, so iss doch endlich was, du bist ja ganz blass um die Nase.«

Aber ich habe noch immer nicht mein ganzes Pulver verschossen.

»Auf dem Rückflug mache ich vielleicht noch einen Zwischenstopp in Paris und interviewe Roman Polanski. Der Starregisseur als Familienvater, dieses ganze Zeugs eben, du weißt schon.«

So, jetzt bin ich wirklich am Ende mit meinem Latein. Ich habe gar nicht gewusst, dass ich so flott improvisieren kann. Aber die Versuchung war einfach zu groß: Ricarda verehrt Polanski abgöttisch.

Zur Belohnung spendiere ich mir einen gemischten Vorspeisenteller, sodann Fettuccini in Rahmsauce mit Morcheln und als Krönung eine Wanne voll Zuppa Pavese. Man lügt nur einmal so gekonnt.

Das Essen verläuft eher einsilbig. Ricarda kaut an ihrem Salat und starrt fischäugig vor sich hin. Vermutlich treibt sie es gerade heftig mit Roman. Lotte sendet mir vorwurfsvolle Blicke zu, die ich gelassen übersehe. Fast glaube ich selbst schon an mein Interview.

Irgendwie bin ich heute Abend blendend aufgelegt, diese Stimmung werde ich mir auch von den beiden Mauerblümchen am Tisch nicht verderben lassen. Schon seit dem ersten Glas fühle ich mich von diesem geheimnisvollen Typ beobachtet, der an der Theke lehnt und genüsslich langsam sein Weizenbier trinkt. Das Schuhwerk vom Feinsten, die Hüften sooo schmal. Gerade hat er wieder hergeblickt, ganz eindeutig in meine Richtung.

Ich schiebe die Zuppa Pavese von mir, wer will schon vor so einem Prachtexemplar drei Gänge in sich hineinstopfen, das wirkt doch einfach ekelig.

Mit meinem vorteilhaftesten Lächeln wende ich mich Ricarda zu, irgendwie ist sie ja doch bloß ein armes Huhn, und außerdem meine Freundin.

»Wie geht's Beppo?« frage ich voll Anteilnahme. Beppo ist der erwähnte Scheidungsanwalt.

Ricarda zermalmt ein Radicchioblatt.

»Keine Ahnung, er betreut gerade höchst intensiv seine Lieblingsklientin, diese dreimal geschiedene und geliftete Tante vom Kinderfernsehen. Wir sehen uns bestenfalls noch an der Bar vom Sonnenstudio.«

Sobald das Reizwort »Liften« fällt, ist Lotte neuerdings einfach nicht zu halten.

»Was, die ist auch geliftet? Also, das sieht ja ehrlich toll aus. Und so natürlich.«

Lotte und Ricarda widmen sich den neuesten Techniken – Kleben statt Nähen –, ich riskiere einen kurzen Blick in Richtung schmale Hüften.

Oh Gott, das darf doch nicht wahr sein, und das mir, diese Blamage, womit habe ich diesen Tiefschlag verdient? Schmalhüfte flirtet ganz ungeniert mit einem blonden Aushilfskellner, jetzt streichelt er ihm sogar beim Vorübergehen über den Po.

Ich ringe nach Luft. Man ist ja nun wirklich liberal und aufgeklärt, aber das geht zu weit. Sind denn Sitte und Anstand wirklich nur mehr schale Worte? Und für dieses scheinheilige Ekel habe ich meine Zuppa Pavese zurückgehen lassen.

Bei Lotte und Ricarda ist wenig Trost zu erwarten, jetzt sind sie endlich bei ihrem Lieblingsthema, dem Absaugen von Reithosenspeck, angelangt. Das ist, unter uns gesagt, auch zu Recht der beiden wichtigster Gesprächsstoff.

Ich winke den nächstbesten Kellner heran und bestelle mir einen doppelstöckigen Grappa. Flora, den hast du dir verdient.

3

Starten ist das Allerbeste an meinem Beruf, es entschädigt mich für jeden Frust.

Hinausrollen auf die Starbahn, ein paar vorwitzige Karnickel hoppeln in dem verdörrten Gras hinterher. Dann das Brausen der Turbinen, gleich wird unsere Maschine in tausend kleine Splitter bersten. Ein kurzer Moment des Anhaltens, dann rollen wir von neuem wieder los, immer schneller, Abfertigungshalle und Hangars verschwimmen zu blassen Punkten vor dem Kabinenfenster.

Und dann heben wir ab. Die Wolkenfederbetten sind plötzlich zum Greifen nah, die Flügel unserer silbernen Riesenmöwe vibrieren im Sonnenlicht. Meine Mitreisenden ringsum lesen betont unbeteiligt in ihrem Revolverblatt – schließlich sind sie ja schon zweimal nach Gran Canaria geflogen, zählen also zur Kaste der unerschütterlichen Globetrotter –, nur Flora strahlt wie der Weihnachtsmann zum Fenster hinaus.

Leider wird dieser Flug nur kurz dauern, in Frankfurt muss ich umsteigen.

»Letzter Aufruf für Flug Nummer 207, Air France nach Paris, Flugsteig A 29.«

Die Minuten vor dem Einsteigen gehören zu jenen seltenen Momenten, in denen mir bewusst wird, dass ich eine erfolgreiche Karrierefrau bin, sozusagen.

»Passagiere mit grünen Bordkarten, bitte einsteigen.« Die Meute der Economy-Flieger drängelt sich am Gate, mindestens neunzig von hundert Reisenden verschwinden im Tunnel zur Maschine.

Übrig bleibt immer ein kleines Grüppchen. Heute sind es vier Herren in Grau, dreiteilig plus Krawatte, genagelte Schuhe, das schweinslederne Mäppchen untergeklemmt. Ziemlich irritiert betrachten sie die fünfte Person mit roter First-Class-Bordkarte, also mich.

Innerlich feixend, aber äußerlich ungerührt wie ein Abgeordneter vor dem Untersuchungsausschuss stehe ich da, in Jeans und Pullover (der ist allerdings von »Zegna«, aber das merken diese Idioten natürlich nicht), und freue mich an ihren verblüfften Gesichtern.

Eine Frau wagt es, in die geheiligten Reihen der First Class einzubrechen, und sie schaut nicht einmal aus wie die gelangweilte dritte Nebengattin des Sultans von Brunei. Kopfschüttelnd trotten die Herren in Grau hinter mir her, einer wagt sogar todesmutig die Kontaktaufnahme mit diesem sonderbaren weiblichen Wesen.

»Sie fliegen wohl zum Shopping nach Paris?«

»Nein, ich fliege zu einer Konferenz und anschließend weiter zu einem Interview. Ich bin Journalistin.«

Es gibt Momente, da denke ich voller Liebe und Dankbarkeit an »Marilyn« und das glamouröse Getue unserer Redaktion. Wir werden ordentlich genervt, aber dafür ist das Drumherum auch vom Feinsten. Es gibt Momente, da halte ich diesen Handel für fair.

*

Vor achtzehn Jahren war ich zum ersten Mal in Paris. Ich habe damals mehr Aufmerksamkeit genossen, als sie heute so manchem Model vor den großen Modeschauen im Frühjahr und Herbst zuteilwird. Schwitzend in einer flauschigen tannengrünen Trachtenjoppe muss ich auf die Pariser so exotisch gewirkt haben wie auf die Standler vom Viktualienmarkt Besuch aus einem fernen Negerkral. Irgendwann habe ich die Jacke unter das Bett meiner billigen Pension nahe der Place de la Bastille gestopft und zaghaft begonnen, mich wohlzufühlen.

Ein Gefühl, das bis heute anhält. In Paris verzeihe ich den Taxifahrern ihre Arroganz, den Passanten auf den breiten Boulevards ihr Drängeln und Schieben, den Kellnern ihre salvenartigen Antworten ohne jede Rücksicht auf das schlechte Schulfranzösisch des Gastes.

In den Tuilerien knirscht der Kies unter den Füßen, rund um den Springbrunnen lassen Kinder ihre Boote übers Wasser gleiten. Ich spendiere mir ofenwarme Crêpes mit Himbeermarmelade und genieße das Dahinschmelzen der Zuckerkruste auf meiner Zunge. Der Zug nach Deauville geht erst in vier Stunden, es bleibt also sogar noch Zeit für einen Milchkaffee auf den Champs-Elysées.

Schläfrig vor Zufriedenheit sitze ich in der Sonne und inhaliere den Duft dieser Stadt, ein Aroma aus Auspuffgasen, Parfum und Gewürzen, so bunt wie die Straßenhändler unter den Alleebäumen. Hoffentlich kommt nicht ausgerechnet jetzt ein Kollege vorbei, der mich in dieser unmöglichen Situation ertappen könnte. Denn nichts wirkt in unserem Beruf peinlicher, als sich zu benehmen wie ein Tourist, sich freiwillig an Orten aufzuhalten, die jedem Schnösel zugänglich sind.

Unter uns knallharten Reportern und Fotografen grassiert vielmehr das Geheimtipp-Syndrom. Gin Tonic trinken wir am liebsten in dieser schäbigen kleinen Bar im Hafenviertel von Montevideo, gerne schauen wir auch in Hongkong vorbei, um den besten Fisch nördlich von Feuerland zu genießen. Der Koch vom »Blue Dragon« war dereinst ein hochbezahlter Atomphysiker, ehe er von Gewissensbissen übermannt wurde und sich der Verschmelzung der asiatischen und europäischen Küche zuwandte. Wenn du ihm Grüße von Stefan, dem rasenden Reporter aus Bielefeld ins Ohr flüsterst, dann brutzelt er vielleicht sogar seine berühmten Garnelen in Knoblauchteig für dich.

Bloß ich sitze hier auf den Champs-Elysées, stillvergnügt, ein hoffnungsloser Fall. In Berlin liebe ich den Kurfürstendamm, in Brüssel die Grande Place, in Salzburg die Getreidegasse. Hoffnungslos gewöhnlich.

Die Strahlen der Sonne werden langsam rotgolden, veredeln den blechernen Aschenbecher auf meinem Bistrotischchen zu einer schimmernden Skulptur. Morgen beginnt meine Schönheitswoche in Deauville, um die mich die ganze Redaktion und alle meine Freundinnen heiß und innig beneiden. Flora, was werden sie bloß mit dir anstellen?

Ich beuge mich über das Blech des Aschenbechers, aber es spiegelt sich nur das skeptische Graugrün meiner Augen darin.

*

Eine Schrecksekunde lang halte ich den Atem an. Himmel, wieso bin ich schon wieder in unserer Redaktion gelandet?

Aber dann dämmert es mir: In der Welt der Schönheit und der ewigen Jugend ist eben alles weiß, so auch hier.

Weiß der Marmorfußboden, das gekachelte Empfangspult, das Leder der Fauteuils. Strahlend weiß die Uniform und Zahnkronen der jungen Frau, die mich begrüßt wie ihre verschollen geglaubte Erbtante.

»Mademoiselle Flora, was für eine Freude, Sie persönlich kennenlernen zu dürfen. Isch lese alle Ihre Artikel mit dem gröschten Vergnügen.«

Dank einer zahlungskräftigen Klientel aus dem Taunus sowie aus Düsseldorf und Umgebung spricht man im »Institut de la Beauté de Deauville« ganz ausgezeichnetes Deutsch, mit einem reizenden kleinen Akzent.

Isabelle, mein Empfangskomitee, beschenkt mich mit zentnerschweren Hochglanzprospekten und geleitet mich zu einer weißschweinsledernen Sitzgruppe. In einer halben Stunde wird mir Madame Annabelle, die Chefin des Hauses, zu einem ersten Gespräch zur Verfügung stehen, bis dahin darf ich ein bisschen blättern und frischgepressten Möhrensaft schlürfen.

Der Inhalt der Prospekte wirkt einfach niederschmetternd auf nüchternen Magen. So schön kann man also sein, so schlank und rank, so gesund und vital.

Betörende junge Menschen laufen am Strand entlang, fohlenbeinig, die Haare im Wind, Gischt umspült ihre makellosen Fesseln. Wenn die Dämmerung hereinbricht, dann sitzen sie offenbar gerne am offenen Lagerfeuer, in cremeweiße Zopfpullover gekuschelt. Laut Text leben sie alle »bewusst« und »mit sich selbst in Einklang«, »horchen auf die Bedürfnisse ihres Körpers«, »wissen um den Gleichklang von Seele und Haut«. Außerdem verwenden sie stets und konsequent das »hautschonende Peeling« der Firma »Twenty Forever«, die »klärende Lotion« sowieso, dazu natürlich die »leichte, aber reichhaltige Tagespflege«. Für die reife Frau ab zwanzig gibt es überdies die »hauterneuernde Nachtcreme« sowie die »revolutionäre Ampullenkur für die von Umwelteinflüssen geschädigte Epidermis«.

Die Prospekte auf meinen Knien wiegen schwer wie ein Schulatlas, ich fühle mich sekündlich schlapper. Ein leises Zirpsen an meinem rechten Ohr rettet mich vor der drohenden Depression.

»Madame Flora, isch bin so glücklich, dass Sie für die

nächste Woche unser Gast sein werden. Isch kenne alle Ihre Artikel.«

Vor mir steht Madame Annabelle, die Chefin des Hauses. Sehr französisch, die Haare straff nach hinten gekämmt, ein smaragdgrünes Seidentuch locker über das schneeweiße Kostüm drapiert.

»Darf ich Sie in mein Beratungszimmer bitten?«

Wir sitzen uns gegenüber, an einem makellos aufgeräumten Schreibtisch, und mustern uns betont freundlich. Madame Annabelle eröffnet die Partie: »Wie alt sind Sie, Flora? Ich darf Sie doch Flora nennen?«

»Sechsunddreißig.«

Plötzlich fühle ich mich bei diesem Bekenntnis unbehaglich, als ob ich ein Vergehen eingestehen müsste.

»Sehr schön, da lässt sich noch viel machen. In diesem Alter ist es wichtig, die schweren Schäden rechtzeitig abzufangen. Und wie viel wiegen Sie?«

»Achtundfünfzig Kilo bei einer Größe von einem Meter siebzig.«

Für meine Mutter ist dieses Gewicht Anlass zu stetigem Gezeter, sie hält mich für gefährlich untergewichtig, aber Madame Annabelle ist offenkundig anderer Ansicht.

»Nun, da genügen wohl zwei Safttage während Ihres Aufenthaltes bei uns.«

Sie kommt um den Schreibtisch geschwebt und beugt sich über mich, ich kann ihr teures Parfum riechen.

»Die Haut scheint ganz in Ordnung zu sein. Sie haben nur unverhältnismäßig viele Fältchen um die Augen. Sie sollten nicht so viel lachen. In ihrem Alter ischt es unerhört wichtig, seine Mimik konsequent zu kontrollieren.«

Ich schweige betreten.

Schlagfertig bin ich nur spätabends, allein mit mir im Bett, einzig der Gummibaum lauscht dann meinen Pointen.

Madame Annabelle ist hinter ihren Schreibtisch zurückgekehrt, sie faltet die gepflegten Hände, eine zierliche Uhr mit geflochtenem Band ist ihr einziger Schmuck, très chic.

»Isch denke, dass die Qualität unserer Produkte für sich spricht, Sie werden es ja am eigenen Körper erleben, liebe Flora. Eine Woche lang werden Sie sämtliche Behandlungsmethoden kennenlernen, die wir in jahrelanger Forschungsarbeit entwickelt haben und die nur von ausgesuchten Spezialisten angewandt werden dürfen. Isch garantiere Ihnen, in einer Woche werden Sie sich nicht wiedererkennen.«

Madame Annabelle spricht diese Drohung mit einem feinen Lächeln aus, mir fallen plötzlich allerhand gruselige Geschichten über die internationale Organspendermafia ein. Wer weiß, vielleicht steht schon eine Propellermaschine bereit, um meine hübschen kleinen Nieren nach Marrakesch zu fliegen, in Alufolie verpackt. Fast schreie ich erschrocken auf, als Isabelle mir von hinten auf die Schulter tippt.

»Darf ich bitten, Mademoiselle Flora?«

Madame Annabelle verabschiedet mich mit einem leichten Kopfnicken, dann folge ich Isabelle in den Hoteltrakt des Instituts. Über Gänge, mit dunkelroten Teppichen ausgelegt, vorbei an Palmen in Messingkübeln. Am Ende des Flurs im dritten Stock schließt Isabelle eine schneeweiße Tür auf und fordert mich mit einem Lächeln zum Eintreten auf.

Olala, für »Marilyn« wurde offenbar die beste Suite des Hauses reserviert. Der Salon ist mit zierlichen Antiquitäten bestückt, auf dem Schreibtisch wartet eine Flasche Champagner mit zwei Gläsern, neben dem zartgelben Sofa prangt ein duftendes Blumengesteck. Die Bettdecke im Schlafzimmer ist seidig geblümt, aprikosenfarbene Lampenschirme tauchen den Raum in sanftes Licht. Das angrenzende Bad ist ein wahrer Traum aus Marmor und Spiegelkacheln, die Badetücher haben aufgestickte Krönchen.

Aber das Allerbeste ist der kleine Balkon, der sich hinter den schweren Vorhängen des Salons verbirgt. Isabelle öffnet die Tür und blickt mich erwartungsvoll an.

Zu unseren Füßen rollt der Atlantik, die Flut hat eingesetzt, und eine prickelnd salzige Luft legt sich auf mein Gesicht und meine Lippen, keine noch so teure Emulsion von Madame Annabelle kann sich so zart anfühlen.

Ein Hund jagt am Strand entlang und schnappt nach Treibholz, ein Junge sammelt Muschelschalen in einem Plastikeimer. Ich drehe mich zu meiner Begleiterin um.

»Merci Isabelle, dieses Zimmer ist einfach wunderbar.«

*

Irgendwann werde ich ein Buch über Hotelzimmer schreiben, und es wird ein Bestseller werden, garantiert.

Alle einsamen Journalisten und Fotografen, Geiger und Manager, alle einsamen Reisenden dieser Erde werden sich darin wiederfinden. In der Tristesse einer First-Class-Suite, mit einem riesigen daunenweichen Bett, in dem du allein die Nacht verbringen wirst. Nur du und die Fernbedienung, nur du und die Minibar.

Zur Strafverschärfung läutet garantiert das Telefon und irgendeine vertraute Stimme aus der Heimat kichert in der Leitung.

»Na du Glückspilz, wie geht's denn immer so im Luxuspfuhl? Wenn du wüsstest, wie sehr wir dich alle beneiden. Bist du dir eigentlich darüber im Klaren, was du für ein tolles Leben führst? Und fang' jetzt bitte nicht zu jammern an, ja? Also dann, ich muss aufhören, so ein Ferngespräch ist furchtbar teuer. Mach's gut und hau nicht zu sehr auf die Pauke, tschü-üüs.«

Dann hilft wirklich nur noch die Minibar.

Eines der Unterkapitel in diesem Buch werde ich dem Thema »Gemälde in Hotelzimmern« widmen. Sie ersparen jeden medikamentösen Gemütsdämpfer und sind außerdem stets in den obskursten Höhen zu bewundern. Sonnenblumen im Herbstgewitter, entweder knapp über der Hüfte oder knapp unter der Decke angebracht. Ich versuche mir die zuständigen Architekten vorzustellen: Zwerge, Riesen, Gnome, Monster, abartige Schönlinge aus einem Fantasymärchen mit dem Geschmack des nächsten Jahrtausends ausgestattet.

Über solchen Tagträumen schlummere ich endlich ein. Die Minibar hat ihre Schuldigkeit getan.

*

Knapp zwanzig Stunden später blicke ich bemüht freundlich in den Spiegel, den mir die Kosmetikerin Christine vors Gesicht hält. Den ganzen Vormittag lang hat sie an mir herumgequetscht, gedrückt, gezupft, geraspelt, gesalbt.

»Ihre Haut ischt ganz klar jetzt«, säuselt Christine.

Das mag sein, andererseits sehe ich aber auch ganz schön verquollen aus, rote Druckstellen sprenkeln mein schönes Gesicht.

»Das vergeht wieder«, tröstet Christine, und wirkt erstaunlich unbeeindruckt von dem Werk der Verheerung, das sie da angerichtet hat. Ob das »Institut de la Beauté« wohl eine eigene Versicherung für missglückte Fälle abgeschlossen hat?

Ich verspüre wenig Lust, mich mit diesem Gesicht unter

Menschen zu mengen, aber Christine ist unerbittlich, die Kabine muss für den nächsten Kunden frei gemacht werden.

Unter einer gläsernen Kuppel, von Palmen in weißlackierten hölzernen Kübeln umrahmt, schlägt »das Herz des Instituts de la Beauté«, so steht es jedenfalls in meinen Prospekten zu lesen, und außerdem: »Alle Wege führen dorthin.«

Ich versuche einen Haken zu schlagen, aber es gelingt mir nicht. Schon befinde ich mich mittendrin, im Getümmel an der Bio-Bar. Teure Deodorants kitzeln meine Nase, teure Jogginganzüge streifen meine Schultern. Die Gäste, die sich um die kunstvoll arrangierten Rohkostsalate und Lauchkuchen drängen, kommen mir alle bekannt vor, als ob ich sie aus den Klatschspalten kennen würde. Eine schlanke blonde Frau unschätzbaren Alters prostet mir mit dem Saftglas zu.

»Hallöchen, neu hier? Ich bin Sylvie aus Düsseldorf.«

Nach einer halben Möhre weiß ich alles über Sylvie. Hier wird nicht lange gefackelt, schließlich hat man als Gast im Institut das beruhigende Gefühl, unter sich zu sein. Wer sich hier ein Dampfbad leisten kann, der gehört garantiert »dazu«, irgendwie.

Sylvie ist bereits ein geschätzter Stammgast in Deauville und »schwört« auf Madame Annabelle und ihre Künste.

»Wie alt würdest du mich schätzen, Liebes?«

Sylvie ist unerbittlich, schon steht unsere knospende Freundschaft auf einem ersten Prüfstand.

Ich hole tief Luft und denke an mein Exklusivinterview mit Roman Polanski. So schwer war das doch gar nicht.

»Siebenunddreißig, achtunddreißig. Allerhöchstens achtunddreißig.«

Sylvie lächelt gerührt, die Kräuselfältchen auf ihrer Oberlippe spannen sich einen Moment lang glatt.

»Tja Liebes, da hast du aber ordentlich danebengegriffen. Ich werde nächsten Oktober zweiundvierzig.«

Nein so etwas, unglaublich, ich mime Fassungslosigkeit. Zum Glück hüpft Sylvie schon zum nächsten Thema. Seit drei Jahren ist sie Witwe, ihr verstorbener Mann, Import-Export, hat ihr ein ansehnliches Sparbuch hinterlassen. Nach der Phase der ersten Trauer – »Mein Mann war ein wenig älter als ich« – ist Sylvie jetzt auf der Jagd nach Jugend und Leidenschaft. Geld hat sie schon.

»Und du, was treibst du so?«

Ich gebe einen kurzen Überblick, erstaunlich ungeschönt, und erspare mir auch Daniel nicht.

»Ach Liebes, verplempere doch nicht deine besten Jahre mit so einer Geschichte. Am besten, wir sehen uns ein wenig für dich um, hier laufen nur Typen vom Feinsten herum, so eine Chance muss man nutzen.«

Da stehe ich, mit einer mir vor wenigen Minuten noch wildfremden Frau, stülpe mein Innerstes nach außen und soll auch noch meinem Leben eine dramatische Wendung geben. Dabei geht es mir doch bestens.

Sylvie blickt mich von der Seite an und tätschelt meinen Arm.

»Keine Angst, Liebes. Das kriegen wir schon hin.«

Ganz so, als ob ich Trost bräuchte.

4

Der holzgetäfelte kleine Raum ist fast so gemütlich wie mein heimatliches »Solo Fino«. Spiegelndes Glas und schneeweiße Damastservietten, das silberne Besteck so schwer, dass es wie ein eleganter Degen in der Hand liegt. Klassische Musik perlt über unsere Köpfe hinweg, es duftet nach Blumen und Zimtsorbet.

Die Geschäftsführung unseres Schönheitstempels hat zum Abendessen im intimen Rahmen gebeten, nur Stammgäste und »Marilyn« sind eines Einladungskärtchens für würdig befunden worden. Zu siebent sitzen wir am runden Tisch und nippen am Sherry.

Sylvie ist selbstverständlich da, ein Ehepaar aus Ascona, das sich alljährlich zur Rundumerneuerung an die Atlantikküste begibt, ein Autogroßhändler aus Wiesbaden, Madame Annabelle im kleinen Schwarzen, das ihr unverdient gut steht, und ein nicht unattraktiver Mittdreißiger aus Bordeaux, den Madame Annabelle wohl nicht ganz ohne Hintergedanken an meine rechte Seite platziert hat.

Er heißt Jean-Luc, das habe ich schon knallhart recherchiert, und ist als Verkaufsdirektor für »Twenty Forever« in der ganzen Welt unterwegs. An seinen Schläfen tanzen bläuliche Schatten, seine Eckzähne sind schneeweiß und spitz wie die eines transsylvanischen Grafen. Der Mann sieht nach komplizierten Verwicklungen und einer Menge Kummer aus. Der Mann könnte mir gefallen.

Sylvie hat sich heute Abend als wandelndes Label gestylt,

mit pferdekopfgeschmücktem Seidentuch, das Täschchen im Blockstreifendesign, die Pumps von einem goldenen »C« geziert. Jetzt lacht sie gerade perlend zu den lauen Scherzen des Autohändlers. Immer noch besser als die verschwörerisch-aufmunternden Blicke, die sie mir seit Jean-Lucs Erscheinen ständig zuwirft.

Die Bouillon wird abserviert, es folgt der Fischgang. Milchigweißes Filet, nur leicht gegrillt, mit Kräutern gewürzt, gesund und kalorienarm. Ich kaue konzentriert, als Binnenländerin hege ich einen tiefen Respekt vor spitzen Gräten, die sich in allerlei Falten meines Verdauungstraktes verfangen könnten.

Es wird wenig Weißwein und viel Mineralwasser getrunken, wir kontrollieren uns gegenseitig mit strengen Blicken. Nur Jean-Luc riskiert schon das zweite Glas, Sylvie rollt voller Bewunderung die Augen.

Aufmerksam nickend und mit großen Augen, wie es uns Frauen nun mal so gut zu Gesicht steht, lausche ich schon seit geraumer Zeit Jean-Lucs Schwadronieren über Gott und die Welt sowie seine höchstpersönlich ausgestandenen unglaublichen Abenteuer. Erst unlängst ist Jean-Luc völlig schuldlos vor dem Gare du Nord von Verkehrspolizisten aufgehalten worden, die Flics waren ganz unverschämt unhöflich und barsch, Jean-Luc hat echt um sein Leben gebangt. Einer drohenden Verhaftung sowie lebenslangem Kerker ist er nur durch sein standhaft weltmännisches Auftreten entgangen, das diese bornierten Capos schließlich in die Knie und anschließend in die Flucht zwang.

Voilà, Jean-Luc blickt mich beifallheischend an.

»Ich war auch schon zweimal verhaftet«, lasse ich ihn wissen.

»In Burkina Faso wegen meiner unziemlichen Kleidung vor einer Moschee und auf den Philippinen nach einem von der Regierung verbotenen Schweigemarsch. Aber ich habe beide Male Glück gehabt, man hat mich schon nach wenigen Stunden Verhör laufen lassen. Ein internationaler Presseausweis hat eben gewisse Vorteile.«

Nun ist es an mir, Jean-Luc erwartungsvoll anzublicken aber mein Tischnachbar starrt bloß sauertöpfisch auf seinen leergegessenen Teller. Ein verstimmtes Hüsteln scheint die einzige Reaktion zu sein, zu der sich mein Ritter aufraffen kann, wir versinken in Schweigen.

Sylvie blickt mich quer über den Tisch hinweg strafend an und schüttelt vorwurfsvoll ihren Pagenkopf. Ts, ts, wie kann man auch bloß so erbarmungslos auf dem sensiblen Ego eines Mannes herumtrampeln. Geschieht mir ganz recht, offenbar merke ich die verstörende Wirkung, die ich auf Männer auszuüben pflege, schon gar nicht mehr.

Das rettende Dessert wird aufgetragen, säuerlicher Fruchtsalat, in hochstieligen Kelchen angerichtet und mit exotischen Blüten verziert. Andächtig knabbern wir an geeisten Melonenkugeln, endlich kann sich Madame Annabelle Gehör verschaffen.

»Für morgen habe ich eine wirkliche Sensation anzukündigen«, flötet sie und wirkt ehrlich aufgeregt. »Nach langen Verhandlungen ischt es uns gelungen, Professor Scorsese aus São Paulo für einen Vortrag zu gewinnen, den international wohl berühmtesten und gefragtesten Spezialisten für ästhetische Chirurgie. Er wird morgen Abend über die neuesten Techniken auf seinem Spezialgebiet, der Gesichtskorrektur, berichten und anschließend für Fragen zur Verfügung stehen.«

Wir sind hellauf begeistert, Sylvie ringt nach Luft.

»Professor Scorsese wird persönlich anwesend sein, was für ein glücklicher Zufall.«

Für Sylvie offenbar eine geradezu göttliche Fügung, erst gestern hat sie wieder einen neuen Jahresring um ihren schlanken Hals bemerkt. Ich werde sie im Auge behalten müssen, damit sie sich nicht ganz Dr. Frankenstein überantwortet.

In bester Stimmung bekommen wir noch einen Kräutertee serviert, selbstverständlich nach einer uralten Geheimrezeptur unseres Instituts, die tiefen Schlaf, Wohlbefinden, Glück, Gesundheit und ewige Jugend garantiert. Schläfrig koste ich in kleinen Schlucken das dampfende Gebräu. Ich habe beschlossen, für heute Abend an seine Wirkung zu glauben.

Ein erster Beweis hat sich bereits eingestellt, Jean-Luc lächelt mir wieder zu. Offenbar ist er gewillt, mir zu verzeihen, dass ich so vorlaut und besserwisserisch bin. Erleichtert lächle ich zurück, Merci, lieber Jean-Luc, Merci. Was seid ihr Männer doch für ein nachsichtiges Geschlecht.

*

Der Vortragende blickt um sich, als ob er von den Opfern einer Massenkarambolage umgeben wäre. Für die es allerdings einen winzig kleinen Hoffnungsschimmer zu geben scheint. Voller Bescheidenheit blickt der Vortragende nun auf seine Wurstfinger, die nicht so aussehen, als ob sie auch nur eine Häkelnadel korrekt halten könnten. Diese Wurstfinger haben dem Vortragenden eine weiße Luxusvilla am Strand von Malibu sowie mehrere andere vorteilhafte Immobilien eingebracht.

Wir sitzen im Halbkreis um ein kleines Podium, Madame Annabelle thront erste Reihe Mitte, ich habe mich wohlweislich gleich neben dem Fluchtweg platziert. Eine Stühlchenreihe vor mir kaut Sylvie schwer atmend vor Aufregung an ihrem Diätgummi. Sylvie hat es ja schon immer im tiefsten Inneren geahnt: Eines Tages wird der Prinz ihrer Kindheitsträume kommen und sie aus ihrem blassen langweiligen Kokon befreien. Er wird ihr zu der Erscheinung verhelfen, die der wahren Sylvie würdig ist.

Professor Scorsese hat uns Dias mitgebracht, die er gleich zu Beginn ausführlich kommentiert. Lauter zufriedene Kundinnen von ihm, zwar keine Weltberühmtheiten à la Liz und Michael, an denen er doch laut Klatschpresse auch schon so manchen Zwickel gesetzt hat, sondern schlichte Millionärinnen wie du und ich. Vierzigjährige Gesichter, ein bisschen müde um Augen und Kinn, ein paar hungrige Einkerbungen um die Mundwinkel, aber insgesamt ganz schön attraktiv.

Nach einem Aufenthalt in der verschwiegenen kleinen Klinik am Stadtrand von São Paulo sehen sie alle aus wie Barbies ältere Schwester. Schmollmund und Stupsnase aufgepolstert beziehungsweise niedlichgeraspelt, Wangen und Stirn zur Allerweltsmiene gestrafft, die Haut unterm Kinn wieder anmutig geschwungen. Mit so einem Gesicht lässt sich wohl gut der Gärtner herumkommandieren oder eine Lachsterrine im Strandrestaurant reklamieren. Lachen dürfte allerdings ein ziemliches Problem darstellen. Ich vermute, dass bestimmte Möglichkeiten zwischen Schmunzeln und verschämtem Jungmädchenkichern noch in der Klinik trainiert werden.

Klick, klick, klick, Professor Scorseses Vorrat an Retortengesichtern scheint unerschöpflich, außer mir langweilt – oder gruselt – sich keine der Damen. Das blutige Gemetzel zwischen »Vorher« und »Nachher« erspart uns der Herr Professor allerdings, das Bohren und Sägen, das Auseinanderklappen und Überlappen, die Stiche ins rohe Fleisch. Er ist schließlich Profi.

Endlich ist der mediale Teil beendet, Professor Scorsese hält eine kleine Kunstpause.

Und welche von den »Ladies« wäre nun wohl so freundlich, sich für eine kleine, völlig harmlose und ungefährliche Demonstration zur Verfügung zu stellen?

Sylvie ist nicht mehr zu halten. Sie drängelt nach vorn, als ob es darum ginge, sich den letzten Platz im allerletzten Rettungsboot der »Titanic« zu erkämpfen. Statt mit einer Schwimmweste wird sie von Professor Scorsese allerdings mit einem galanten Handkuss empfangen.

»Sehr couragiert, Madame. Darf ich bitten?«, und schon schubst er Sylvie gekonnt auf einen Drehstuhl. Sylvie blickt selig lächelnd zu ihrem Retter hoch.

Der zückt einen dicken schwarzen Filzstift und beugt sich über meine Freundin, irgendwie erinnert mich die Szene an einen der alten Horrorklassiker, die spätabends über den Bildschirm flimmern, ich möchte schreien, aber meine Kehle ist ganz trocken.

In Sekundenschnelle hat Professor Scorsese Sylvies Gesicht mit einem Raster aus feingestrichelten Linien überzogen, jetzt schraffiert er noch eine schmale Fläche an ihren Schläfen. Hoffentlich lässt sich das Zeug wieder abwaschen.

»Sehen Sie, meine Damen, es wären wahrhaftig nur ein paar völlig harmlose Schnitte vonnöten, um dieses schöne Gesicht noch vollkommener zu gestalten. Die Nähte werden selbstverständlich hinter die Ohren und entlang des Haaransatzes gelegt, nicht einmal der stürmischste Liebhaber wird etwas merken.«

Dieser kleine Scherz wird selbstverständlich mit Gekicher belohnt, Professor Scorsese wirft sich in Positur, Applaus brandet auf. Sylvie sitzt da wie hypnotisiert, offenbar kann sie es kaum noch erwarten, den kalten Stahl des Skalpells auf ihrer Haut zu fühlen. Zwei weißgekleidete

Diplomkosmetikerinnen des Instituts erscheinen und führen sie diskret ab.

Ich beschließe, dass wir noch heute Nacht flüchten werden, Sylvie mitsamt ihren Bandagen und Mullbinden, wie eine Mumie werde ich sie über den knirschenden Kies vor dem Haus lotsen, dann könnten wir uns ja ein Fischerboot am Strand, nun ja, kurzfristig ausleihen, und Richtung Nordsee rudern. Keine Bange, neue Freundin, ich lasse dich nicht im Stich.

Währenddessen hat auch Madame Annabelle das kleine Podium geentert, unterbricht nun den Applaus mit einer selbstbewussten Handbewegung.

»Meine Damen und Herren, ich merke wohl, dass auch Sie tief beeindruckt sind von der Vorführung unseres Ehrengastes. Nun, ich darf Ihnen an dieser Stelle eine Neuerung mitteilen, für die das Wort Sensation wahrlich nicht zu hoch gegriffen ist. Professor Scorsese wird ab der kommenden Saison auch in unserem Institut ordinieren, es wird die erste Dependance seiner gefeierten Schönheitsklinik bei uns in Europa sein. Anmeldungen für einen ersten unverbindlichen Beratungstermin werden bereits angenommen.«

Nun kennt der Jubel keine Grenzen mehr, wir bereiten Professor Scorsese Standing Ovations, bescheiden lächelnd steht der kleine Mann mit den Wurstfingern und den Hamsterbacken vor uns, Männer brauchen eben nicht schön zu sein, nur hilfreich und gut.

Angeregt plaudernd verlässt das Publikum den Vortragsraum, in der Halle ist ein kleines Büffet angerichtet. Ich halte besorgt Ausschau nach Sylvie, da kommt sie auch schon die Treppe herunter, mit zart gerötetem Gesicht, offenbar hat sie ein wenig rubbeln müssen, um Professor Scorseses genialisches Werk zu entfernen.

»Ich habe mich schon angemeldet, Flora. Der Professor meint, mit einundvierzig ist man gerade im allerbesten Alter für ein erstes Minilifting. Ach, ich bin ja so glücklich.«

Sylvie umarmt mich kurz und innig, dann eilt sie zum Büffet, wo sich Madame Annabelle gerade geraspelte Möhren auf den Teller häuft.

»Madame Annabelle, ich bin ja soo …«

Ich stehle mich davon. Irgendwie erscheint mir mein Hotelzimmer heute als ein verlockender Ort.

*

Dienstagmorgen in Deauville, der Kellner mit dem Frühstück und der druckfrischen »Le Monde« unter dem Arm rollt diskret hüstelnd sein Wägelchen ins Zimmer.

»Bonjour Madame, ça va bien?«

»Ça va, merci.«

Ich nicke pflichtschuldigst auf Französisch in meinem Doppelbett. Eine pure Lüge aus Höflichkeit. Denn nach all den Zupf- und Knetmassagen der vergangenen Tage wartet heute eine neue Pein auf mich. Paolo d'Abruzzo hat sein Kommen für den späten Nachmittag angedroht oder, besser gesagt, androhen lassen, von seiner Assistentin Felicitas mit der branchenbekannten Zirpsstimme.

Ich sehe ihn förmlich vor mir, unseren Paolo, die absolute Number One der Modefotografenszene, wie er gerade sein rotes Seeräubertuch auf dem Hinterkopf knotet, bereit für den großen Auftritt in Deauville.

»Hi, I'm Paolo. Paolo d'Abruzzo.«

Dazu ein ultracool angedeutetes Salutieren, und das Gegenüber ist garantiert geplättet. Paolo stellt sich gerne vor, er hat schließlich auch lange genug an seinem Namen gefeilt. Nur wenn ich in der Nähe bin, dann gelingt die Vorstellung nicht ganz so perfekt. Aber ich kenne schließlich auch sein kleines Geheimnis, seitdem ich dereinst hilfsbereit wie immer seinen Pass vom staubigen Fußboden einer Lufthansalounge aufklaubte.

EMIL KNÖPFELMACHER, so wahr ich hier in meinem Doppelbett gerade ein Croissant in den Milchkaffee tunke, Emil Knöpfelmacher, aus Schleutzenbach bei Stuttgart. In milden Momenten verspüre ich beinahe Mitleid mit Emil/Paolo, aber diese edle Empfindung hält nie allzu lange vor. Paolo d'Abruzzo ist einfach die Pest.

Schon fast zehn Uhr, ich blicke auf das schneeweiße Kärtchen neben meiner Nachttischlampe. Fein säuberlich, natürlich mit Füllfeder und nicht mit Kugelschreiber, hat Madame Annabelle meine Termine für den heutigen Tag aufgelistet.

10.15: Vitamincocktail an der Saftbar
10.30: Algenpackung für die Oberschenkel
11.00: Atemtherapie unter der Leitung von Monsieur Yves Ronchamps
11.45: Wassergymnastik
12.15: Leichter Imbiss im Restaurant »Aubergine«
13.00: Maniküre, Pediküre

Irgendwie schafft sie es, dass sogar ein Karottensaft nach Arbeit klingt. Ich sehe geradezu ihre Stammkundinnen vor mir, wie sie erschöpft nach Hause telefonieren: »Ach Lieber, du ahnst ja gar nicht, wie sehr sie uns hier antreiben. Ich bin völlig außer Atem, ein Termin jagt den anderen. Aber es tut ja auch soo gut, ich fühle mich schon wie neugeboren.«

Ich tappe auf nackten Fußsohlen ins Badezimmer und blicke prüfend in den riesigen Spiegel. Die Bilanz fällt reichlich ernüchternd aus. Die viele Rohkost hat mir zu einem imposanten Blähbauch verholfen, der meine Silhouette eindrucksvoll modelliert. Dazu spielen sich im Gesicht allerhand allergische Reaktionen ab, rötliche Pusteln und Quaddeln zieren Stirn und Kinn. Trübsinnig starre ich das Geschöpf im weißen Bademantel mit den aufgestickten Krönchen an. Tja Prinzessin, Wunder brauchen eben ihre Zeit.

*

Knöpfelmacher/d'Abruzzo ist eingetroffen, umrahmt von einem Gebirge aus Gepäck plus mehrköpfigem Assistentengefolge. Ganz in Schwarz, den Haaransatz diabolisch spitz gezupft, offenbar der allerneueste ultracoole Unsinn aus Milano.

Ich versäume keine Gelegenheit, meinen Kollegen vorzustellen.

»Darf ich bekannt machen?«, und dann zögere ich eine lustvolle tausendstel Sekunde lang, sein Lächeln gefriert währenddessen zu arktischem Eis.

Paolo d'Abruzzo, nein was für eine Überraschung, enchanté, die Damen sind entzückt, ja hingerissen. Selbstverständlich sind sie alle gerne bereit, bei unserer großen Reportage mitzumachen, sich auch in allerhand verfänglichen Posen in Bademantel und Turban ablichten zu lassen, warum denn nicht, schließlich kennt man ja Paolos berühmte Fotos aus den einschlägigen Edelmagazinen.

Ich muss an die Anweisungen aus der Fotoredaktion denken, Vivian klingt nicht einmal mehr sarkastisch, wenn sie das optische Konzept unseres Blattes referiert.

»Immer auf schönes Licht achten, ja nicht zu hart, ganz besonders bei den Nahaufnahmen, schön weich und fließend, aber das wisst ihr beide ja sowieso.«

Die Slums von Rio in rotgoldner Abenddämmerung, die

berühmte Diva durch drei Gelatinefilter verjüngt. Ich weiß, Vivian, ich weiß.

Seit Paolos Assistenten ihre Schirme und Spots geschäftig platzieren, scheint im »Institut de la Beauté de Deauville« die Welt noch um eine Spur makelloser. Es schimmert und blinkt, diamantene Tautropfen perlen von grünen Palmblättern, die Lauchstangen am Büffet stapeln sich zur knackigen Skulptur. Über allem wacht und schwebt Madame Annabelle, voll anmutiger Autorität, straff und schlank, kein einziges Mal rutscht das lässig drapierte Seidentuch von ihrer linken Schulter, kein einziges Haarschüppchen verunziert ihre perfekte Erscheinung.

Ich muss es wissen, schließlich verfolge ich Madame Annabelle auf Schritt und Tritt und notiere gewissenhaft ihre kompetenten Ausführungen. Oder besser gesagt, ich tue so, die meiste Zeit male ich Fliegenpilze in mein Notizbuch mit dem metallisch glänzenden Einband.

Allmählich gehen mir die Blätter aus. Soeben hat mir Madame Annabelle die Vorzüge der neuesten Ganzkörperpflegeserie »Aqua 2000« gepriesen, angereichert mit Meersalzen und Algenextrakten. »Aqua 2000« wird nicht bloß äußerlich aufgetragen, sondern auch in Kapselform geschluckt. Nach zwei Wochen sind die ersten sichtbaren Erfolge garantiert, Madame Annabelle legt mir voller Stolz ein halbes Dutzend feinschraffierter Graphiken vor. Gebirgsähnliche Zackenlinien, mal blau, mal rot, mal zackig, mal wellig. Hautstrukturreliefs, an ein und derselben Person gemessen.

»Beeindruckend, liebe Flora, nicht wahr?«

Es folgt ein letzter Rundgang durchs Institut, schließlich will man bei »Twenty Forever« sichergehen, dass jede der ausgetüftelten Behandlungsmethoden in »Marilyn« auch ausführliche Würdigung finden wird. Die Packungen mit heißem Schlamm gegen fette Oberschenkel, die Ölwickel gegen faltigen Hals, die Kältekompressen gegen schlaffe Brüste. Vergleichsweise sanfte Methoden, aber das soll sich ja schon in allernächster Zukunft ändern, wenn Professor Scorsese höchstpersönlich im »Institut de la Beauté« sägen und hämmern, absaugen und vernähen darf.

»Ischt das nicht wunderbar, liebe Flora?«

Ich male konzentriert perfekt gewachsene Fliegenpilze in mein Notizbuch.

Im marmornen Hallenbad treffen wir auf Paolo und seine Crew, drei Damen der Gesellschaft lagern dekorativ in der weißen Gischt des Whirlpools und quietschen auf Kommando. Paolo ist ganz in seinem Element, tänzelt um seine sündteuren Scheinwerfer, gibt hektische Anweisungen in internationalem Kauderwelsch. Ich würde ihn am liebsten ertränken, aber dann begnüge ich mich damit, gedankenvoll ein bisschen durchs Bild zu laufen.

Im letzten Behandlungszimmer liegt Sylvie aufgebahrt, in schneeweißes Frottee eingewickelt, das Haar straff zurückgespannt. Gleißendes Licht bestrahlt ihr Gesicht.

Eine Kosmetikerin sitzt an ihrem Kopfende und lässt eine kleine Scheibe von Sylvies Stirn zu den Schläfen, entlang der Nasenflügel über die Wangen bis zum Kinn rotieren. Die oberste Hautschicht wird abgeschliffen, um das Mädchen, das diese Frau einst war, wieder zum Vorschein zu bringen.

Ich beuge mich über Sylvie, ihre Haut schimmert prall und rosig, wie eine Frucht, die gleich platzen wird. »Alles in Ordnung?«

Meine Freundin sieht mich an, Tropfen wasserheller Flüssigkeit rinnen von ihren äußeren Augenwinkeln über die Schläfen zu den Ohren, versickern im Turban.

»Alles in Ordnung«, flüstert Sylvie, »es tut auch gar nicht weh, Flora, kein bisschen. Es tut nicht weh.«

Ich gehe hinaus, auf Zehenspitzen.

*

Zum Abschluss der Woche treffen wir alle noch einmal aufeinander, Täter und Opfer, beim eleganten kleinen Abschiedscocktail.

Paolo menschelt geradezu, offenbar ist er mit seinem Werk hochzufrieden. Madame Annabelle zeigt ganz leise Anzeichen von Erschöpfung und erlaubt sich sogar ein Glas Champagner statt ihrem Leibgetränk Kräutertee.

Ich muss Dutzende von Visitenkarten entgegennehmen, von Jeff und Kimberley, von Simone, Jacqueline und Erika, Stammgäste, die alle die Ausgabe von »Marilyn« mit meiner Reportage zugesandt haben wollen. Und wenn ich mal in Ascona sein sollte oder in Wiesbaden oder Seattle, ja dann müsste ich *unbedingt* vorbeischauen, wir nehmen uns gegenseitig heilige Eide ab.

Auch Sylvie ist da und schaut einfach hinreißend aus. Rosenfarbene Wangen und perfekt geschminkte Augenlider, auf den Lippen nur ein wenig getöntes Gloss, das fransig geschnittene Haar fällt ihr locker auf die Schultern. Das Team rund um Madame Annabelle hat wirklich ganze Arbeit geleistet, Kompliment.

Ich freue mich für Sylvie, die plötzlich wie ein Lausbub wirkt. Wenn sie bloß nicht Paolo entdeckt hätte, ich verfolge ihre schmachtenden Blicke mit zunehmender Besorgnis.

»Sylvie, du peilst doch hoffentlich nicht diesen Schleimfurz an. Glaub mir, da begehst du einen schrecklichen Fehler, der Typ ist nur in sich selbst verliebt, und vielleicht noch ab und zu in ein minderjähriges Model. Lass die Finger davon.«

Aber Sylvie reagiert nur beleidigt auf meine wohlmeinende Warnung.

»Bitte Flora, halte dich da raus, ja? Zwischen Paolo und mir prickelt es schon seit Tagen, seitdem er mich bei der Aquagymnastik fotografiert hat. Dieser Mann hat einfach etwas Bezwingendes, dafür hast du offenbar keine Antennen. Wenn er es möchte, dann werde ich mich ergeben, auf der Stelle, jawohl.«

Und Sylvie segelt mit wehendem Röckchen auf Paolo zu, der gerade vor kichernden Stammkundinnen Hof hält. Ich wende mich ab, diesem Drama möchte ich einfach nicht beiwohnen.

Madame Annabelle steht neben mir, ich frage mich, wie lange schon. Ob sie wohl meinen kleinen Zwist mit Sylvie mitbekommen hat? Wenn ja, dann lässt sie sich jedenfalls nichts anmerken, Madame hat ihre Mimik einfach perfekt unter Kontrolle. Jetzt mustert sie mich prüfend von Kopf bis Fuß, ich fühle mich entsprechend unbehaglich.

»Nun, liebe Flora, isch denke, sie haben von unseren sensationellen Methoden wirklich sehr profitiert. Jetzt kommt es natürlich darauf an, die neuerworbene Selbstdisziplin auch im Alltag nicht zu vernachlässigen. Isch würde mich übrigens sehr freuen, sie wieder einmal als unseren Gast begrüßen zu dürfen, selbstverständlich zu besonders günstigen Konditionen, wie wir sie nur speziellen Kunden zugestehen.«

Ich murmle Dankesworte, Madame Annabelle haucht mir ein Küsschen auf die Backe.

»Adieu, Flora, bis bald.«

Ich schlängle mich Richtung Ausgang, möglichst unauffällig, aber Paolo verstellt mir den Weg.

»Die Story hätten wir im Kasten. Und, ehrlich gesagt«, – Paolo neigt sich zu meinem Ohr – »es reicht mir auch schon langsam. Wird Zeit, dass ich endlich wieder was Knackiges vor die Linse bekomme, sonst …«

Paolo kann mir nicht weiter sein Herz ausschütten, denn Sylvie drängt sich strahlend zwischen uns.

»Da seid ihr ja. Wir sehen uns doch wieder, nicht wahr? Es war einfach himmlisch, findet ihr nicht? Ich möchte gar nicht abreisen, aber es muss wohl sein. Ich schreibe euch noch meine Adresse und Telefonnummer auf. Vielleicht verschlägt es euch ja demnächst einmal nach Düsseldorf, hmmm?«

Sylvie steuert einen weißschweinsledernen Fauteuil an, um uns ihre Daten auf ein Blatt Papier zu kritzeln, Emil Knöpfelmacher blickt ihr nach, mit dem abschätzenden Blick des Profis.

»Muss mal eine schöne Frau gewesen sein, diese Sylvie …«

*

Zum Glück habe ich meine Sonnenbrillen im Gepäck, die ganz großen dunklen, Marke »Mafiabraut«. Denn die Wände des Hotels »Richelieu«, gleich beim Flughafen Charles de Gaulle, sind dünn wie Pergamentpapier – und Daniel treibt es nun mal gerne laut.

Da liegt er neben mir und schläft wie ein Igel im Laub, selbstzufrieden erschöpft.

Ein Mann, der weiß, was Frauen lieben, schließlich hat er als Volontär dereinst im Ressort »Lifestyle« gelernt. Daniel streichelt zur richtigen Zeit und am richtigen Ort, die einschlägige Fachliteratur hat er im kleinen Finger. Nur mit seinem perfekt getimten Höhepunkt habe ich auch nach zwei Jahren Techtelmechtel noch meine Schwierigkeiten.

Röhrend wie ein vom Streifschuss gepeinigter Elch bricht Daniel über mir zusammen, sachte klirren die Gläser und Flaschen in der jeweiligen Minibar. Zu Beginn unserer Liaison habe ich stets mit dem unheilschwangeren sofortigen Auftauchen des Hoteldetektivs gerechnet – aber dieser Berufsstand existiert offenbar nur in angejahrten Schwarzweißfilmen mit Pinkas Braun.

Dafür gestaltet sich das Frühstück am Morgen danach stets zu einem Auftritt der ganz besonderen Art. Ich verstecke mich peinlich berührt hinter tellergroßen Sonnenbrillen, Daniel hingegen genießt sichtlich das Getuschel und die Blicke der Damen an den Tischen rundum.

Wooow, was dieser unscheinbare Typ doch für bemerkenswerte Töne der Lust zu produzieren vermag, man konnte sich noch zwei Etagen höher daran delektieren. Und dann wenden sie sich wieder ihren Tischnachbarn zu, mit einem kleinen Seufzer.

Daniel liegt neben mir und schläft wie ein Igel im Laub, wohlig zusammengerollt.

Beim Abendessen in dem preiswerten kleinen Restaurant mit den rotkarierten Tischdecken haben wir wieder einmal unsere missliche Lage erörtert. Oder besser gesagt, Daniel hat referiert, und ich habe zugehört.

»Flora, ich liebe dich, das weißt du doch, aber wir sind uns einfach zu spät begegnet. Frauke ...«

Frauke, ach ja, die einzige Tochter einer reichen Hamburger Reederfamilie, Daniel kann selbst mir gegenüber seinen Stolz auf diesen Fang nur schwer verhehlen. Frauke und die Villa in Blankenese, Frauke und der kleine Sohn, Daniels Verhältnis zum misstrauischen Schwiegerpapa hat sich seit der Geburt von Adrian erheblich verbessert.

Mein Geliebter war bei der Geburt seines Sohnes im Kreißsaal anwesend, die Hand seiner Frau haltend. Eine halbe Stunde später hat er meinen Anrufbeantworter vollgeweint.

»Flora, ich liebe dich, aber das Kind …«

Flora, steh auf und geh, lauf davon – und dann bleibe ich doch liegen und lausche seinem Atem.

Daniel hat eingecheckt, hat mir voller Trauer zugewunken. In knapp drei Stunden wird er in der Ankunftshalle in Hamburg seine Heimkehr zelebrieren, lachend, strahlend, wird seinen Sohn durch die Luft wirbeln und seine Frau in die Arme nehmen. Ich drehe mich um, knallhart, um Daniels allerletzte Kusshand nicht erwidern zu müssen.

Mein eigener Flug geht erst in einer Stunde, ich habe also noch genug Zeit, um den Verlockungen des Duty-free-Shops am Charles-de-Gaulle-Airport zu erliegen. Vielleicht ein Ührchen, man hat ja erst zwei Dutzend, oder wenigstens ein paar neue Flaschen für die Parfüm-Bar … Die üblichen Tricks eben, um eine drohende Depression abzufangen, mit Kreditkarten statt Valium, der erfolgreiche Single weiß sich zu helfen.

Aber es ist wie verhext. Wohin ich auch blicke, ich bin von Familien umzingelt. Knirpse mit Miniaturrucksäcken trippeln an der Hand ihrer Mütter zum Klo, ein Vater putzt die Nase seiner Tochter, eine indische Großfamilie drängelt sich am Coffeeshop.

Meine Kehle kratzt, und meine Augen brennen. Solche Anfälle überwältigen mich stets an den unmöglichsten Orten und zu den unpassendsten Zeiten, da hilft kein tiefes Durchatmen und kein Lutschbonbon.

Im skandinavischen Möbelhaus, ich wollte bloß ein Dutzend Sektquirle und einen schicken Übertopf für meinen Freund, den Gummibaum, erstehen, aber dann erblicke ich sie, die Jungfamilie, die prüfend an den Stockbetten rüttelt. Oder im Supermarkt, plötzlich hält sie neben mir an der Kasse, die erschöpfte Mutter mit ihrem Einkaufswagen voller Milchtüten und Tiefkühlspinat, Nudelgroßpackungen und Überraschungseiern. In meinem Korb tummeln sich ein paar Knabberkekse und ein Diätyoghurt. Wir blicken uns an, eine Sekunde lang, und schauen dann rasch wieder weg. Das Glück ist da, wo du nicht bist. Würden wir gerne tauschen, wenigstens einen Tag lang?

5

Leo, der Wirt, hat die längere Abwesenheit seines liebsten Stammgastes genützt, um das »Solo Fino« neu ausmalen zu lassen. Wie rücksichtsvoll, ich beschenke Leo mit einem anerkennenden Lächeln.

Statt cremefarben schimmern die Wände jetzt in sanftem Apricot, ein vortrefflicher Hintergrund für rauchbraune Morcheln und das satte Dunkelgrün der Spinatgnocchi. Rundum klirrt das Besteck, Paolo Contes heisere Stimme tönt dezent aus den Lautsprechern.

Lotte blickt trotzdem drein wie die personifizierte Magenverstimmung.

»Wo stecken sie bloß, kann mir das irgendjemand erklären? Wo sind die Männer, wo? Allmählich komme ich mir vor wie eine Witwe aus der Nachkriegsgeneration.«

»Na na«, beschwichtige ich, »so schlimm ist es auch wieder nicht. Du musst einfach mehr weggehen, misch dich unter die Leute.«

»Und was glaubst du, was ich in den vergangenen Monaten gemacht habe, bitte schön?«

Lotte wirkt jetzt ehrlich verbittert.

»Ich war auf zwei Dutzend Vernissagen, auf vier Geburtstagsfeten, sogar in die Oper habe ich mich geschleppt. Und wofür? Nichts als Weiber, Weiber, höchstens ein paar Schwule dazwischen.«

Franziska, die Hedda Hopper vom »Solo Fino«, knallt uns die Teller mit dem Gemüse in Olivenöl vor die Nasen.

»Ich weiß, was du meinst. Aber ich habe erst kürzlich gelesen, dass wir Frauen die Männer immer an völlig falschen Orten suchen. Vielleicht sollten wir uns ein Abo fürs Fußballstadion zulegen …«

Lotte massiert sich nachdenklich den Nacken, offenbar erwägt sie gerade ernsthaft einen Hooligan als neuen Lover. Schweigend widmen wir uns den gebratenen Auberginen und Zucchini, ich blicke verstohlen um mich. Irgendwie hat Lotte ja recht, die Männer haben sich offenbar in eine andere Galaxie verkrümelt. Links von unserem Tisch sind zwei Freundinnen in ein angeregtes Gespräch vertieft, schräg gegenüber kichert eine Frauenrunde. Nur an der Theke, den Fluchtweg gleich im Rücken, lümmeln zwei Exemplare dieser aussterbenden Gattung.

Die Tür fliegt auf, und Corinna entert das Lokal, die Männer weichen erschrocken zurück. Corinna zählt zu einer der äußeren Schichten unserer Freundinnenzwiebel, nur in unregelmäßigen Abständen lässt sie uns an ihren atemberaubenden Affären mit berühmten und reichen oder aber schönen und jungen Männern teilhaben. Diese Geschichten sind nicht erfunden – wir recherchieren stets gewissenhaft nach –, so dass uns nie etwas anderes übrigbleibt, als neiderfüllt hinter der entschwindenden Corinna herzutuscheln: »Wie macht sie das bloß?«

Tatsache ist, dass Corinna neben ihrem unbestreitbar nicht unattraktiven Äußeren – die hennarote Mähne stets perfekt frisiert à la Milva, dazu figurbetonte Kostüme und Stöckelschuhe selbst im Schneesturm – über einen strategisch unglaublich günstigen Arbeitsplatz verfügt. Sie werkelt nämlich in jenem todschicken Architekturbüro, das so ziemlich alle Lofts und Maisonettes unserer Stadt durchgestylt hat.

Das Rezept ist seit Jahren unverändert, eine Wohnung

von »Schräg & Co.« ist für jede Putzfrau auf den ersten Blick erkennbar: weitläufige Räume, von störendem Mauerwerk konsequent befreit, hell und luftig, Möbelklassiker in Chrom und Leder sparsam platziert. Dazu moderne Kunst, lässig an die Wand gelehnt, möglichst übereinandergestapelt, aber nie, niemals spießig aufgehängt. Ein bisschen Marmor, eine Prise gebürstetes Nirosta fürs puristische Wohnklo. Voilà.

Corinna hat es mit den Jahren zur geschätztesten Mitarbeiterin von »Schräg & Co.« gebracht, bei ihr sind am Schluss selbst Buchrücken und Bademantel des Opfers farblich aufeinander abgestimmt.

Jedenfalls, dieser Job hat Corinna bereits die tollsten Bekanntschaften vermittelt – und sie hat sie genützt, Ehre, wem Ehre gebührt. Ganz im Gegenteil zu mir, die doch wahrlich schon so manche männliche Weltberühmtheit vor dem Rekorder sitzen hatte – und dazu stets, wie aus einem unergründlichen inneren Drang heraus, auf das unmöglichste herausgeputzt war: dicke Brille statt Kontaktlinsen, klobige Schuhe zum Karorock, Schlabberpulli. Die männlichen Weltberühmtheiten schienen zwar stets im ersten Moment ein wenig verblüfft – offenbar nähert frau sich ihnen üblicherweise in Spitzen und Strapsen –, aber die Gespräche waren dafür fast immer höchst erfolgreich. Von Mann zu Mann sozusagen, ich habe die erstaunlichsten Antworten auf Tonband gebannt.

Aber ich schweife ab, und das bei einer so dominanten Erscheinung wie Corinna. Obwohl, irgendwie fehlt ihr heute Abend das magische Etwas, das ihr normalerweise selbst in einem Ursulinerinnenkloster zu einem Techtelmechtel mit dem Mesner verhelfen würde.

Corinna angelt sich mit dem Fuß einen Sessel vom Nebentisch heran und lässt sich darauf plumpsen, dass die

Fugen krachen. Lotte und ich schweigen erwartungsvoll, Corinna muss sich eindeutig erst sammeln fürs hohe C der Ouvertüre.

»Also, ihr glaubt es einfach nicht.«

Corinna hat sich mit einem tiefen Schluck aus meinem Prosecco-Glas hinreichend gestärkt.

»Ich habe euch doch schon beim letzten Mal von diesem tollen Typ erzählt, der bei uns im Büro angefangen hat. Drei Jahre hat er in New York und Chicago gearbeitet, nur allerfeinste Adressen eingerichtet, und jetzt möchte er hier Fuß fassen. Er war drüben verheiratet, ist aber seit kurzem geschieden.«

Na so etwas, unverheiratet, das ist ja bei Corinna etwas ganz Neues, Lotte und ich tauschen bedeutsame Blicke aus den Augenwinkeln.

»Und wo liegt das Problem?«

Als erfahrene Interviewerin spüre ich einfach, wann es nachzuhaken gilt.

Corinna fährt sich durch die kunstvoll frisierten Locken.

»Tja, ich habe mir gedacht, ich frage ihn einfach mal, so ganz unverbindlich unter Kollegen, ob er nicht Lust hätte, zu mir zum Abendessen zu kommen. Ich hätte weiß Gott nichts Großartiges vorgehabt, ein paar kalte Kleinigkeiten vielleicht, meinen Krabbencocktail, ein Glas Rotwein, na ihr wisst schon. Außerdem hätte ich ihm sehr wohl ein paar Tipps geben können, wer wichtig für ihn ist in der Firma und auf wen er aufpassen muss.«

Corinna verstummt und zerkrümelt mein schönes Weißbrot. Irgendwie muss die Sache ganz fürchterlich schiefgelaufen sein, mir fällt plötzlich Sylvie aus Deauville ein.

»Was ist passiert? Wollte er sich nicht ergeben?«

Corinna hat nicht einmal mehr die Kraft, mich böse anzufunkeln.

»Aber so weit ist es doch gar nicht gekommen. Er hat meine Einladung ja nicht einmal angenommen. Hat bloß irgendwas Unverständliches gemurmelt und geht mir seither aus dem Weg, als ob ich die Pest hätte. Sogar im Lift blickt er an mir vorbei.«

Corinna, die schöne selbstbewusste Corinna weint jetzt fast. Paolo Conte singt noch immer, offenbar ein Endlosband, wie die Weihnachtslieder in den Kaufhäusern im Dezember, dafür klingen die Freundinnen am Nebentisch schon ein wenig heiser vom Kichern.

»Wie heißt er denn überhaupt, dieser tolle Typ?«

»Michael«, flüstert Corinna, »er hat grüne Augen mit bernsteinfarbenen Tupfen darin und Hände wie ein Pianist.«

»Und du glaubst allen Ernstes, dass so ein Typ noch zu haben ist, und zwar ausgerechnet für dich?«

Lotte kann seit einiger Zeit ganz schön direkt sein, offenbar hat sie ihr allerletztes Quäntchen Sensibilität längst an ihre Schüler aus Problemfamilien verschwendet.

»Du kannst doch nicht annehmen, dass so ein Wahnsinnstyp auf dich gewartet hat, auf eine vierzigjährige Karrierefrau, die ihm *Tipps* geben möchte.«

»Neununddreißig, bitte«, flüstert Corinna, »außerdem habe ich das doch nicht böse gemeint und schon gar nicht arrogant.«

Corinna holt ihren großen Taschenspiegel hervor, den silbernen zum Aufklappen, und starrt ins Vergrößerungsglas, als ob es gleich zu ihr sprechen würde. Sie wird doch nicht auf dumme Ideen kommen?! Mir fällt schon wieder Deauville ein, diesmal ist es Professor Scorsese mit seinen Wurstfingern.

»Corinna, es liegt nicht an dir«, sage ich so eindringlich

wie möglich. »Es liegt nicht an deinem Aussehen oder an deinem Alter. Es liegt an den Männern heutzutage, an diesen verdammten Neurosen, die sie alle mit sich rumschleppen. Angst vor Nähe, Angst vor Verantwortung, blablabla. Lade dir einen obdachlosen Analphabeten zum Abendessen nach Hause ein, und er wird sich schleunigst in seinem Pappkarton verschanzen, weil er Angst hat, dass du hinter ihm her bist und ihn einfangen möchtest. So läuft es doch, warum weiß ich auch nicht.«

Corinna gestattet sich immerhin ein kleines Grinsen, bevor sie über mich herfällt.

»Du sei ganz still, liebe Flora, sei ganz still, wenn ich bitten darf. Wer hat denn erst vor zwei Monaten geschrieben, dass Frauen endlich auch im Privatleben offensiver auftreten und es deutlich zeigen sollen, wenn ihnen ein Mann gefällt. Das wart doch ihr von ›Marilyn‹, oder habe ich da etwas missverstanden?«

Corinnas helle Stimme trägt das Wort »Marilyn« quer durchs Lokal bis zum Tresen, rundum wird es still, ein Phänomen, das mir wohlbekannt ist. Da schau her, da sitzt eine von »Marilyn«, eine von denen, die diese geilen Geschichten schreiben. Komisch, also die habe ich mir immer ganz anders vorgestellt.

Im »Solo Fino« kann ich mich wenigstens hinter der Speisekarte verbarrikadieren.

»Ich bitte dich, Corinna, seit wann nimmst du denn unsere Geschichten ernst?«

Aber das ist nur eine lahme Verteidigung, ich spüre es selbst.

»Ach, soll man eure Geschichten besser gar nicht ernst nehmen?«

Corinna sprüht jetzt Funken.

»Dann schreibt das doch künftig bitte dazu. Damit sich

nicht so arme Idioten wie ich ehrlich daran orientieren und sich ihr Leben verpfuschen.«

Da sitze ich mit dem Rücken zur Wand, »Marilyns« und meine Ehre stehen auf dem Spiel, und es bleibt mir gar nichts anderes übrig, als zu meiner allerletzten Geheimwaffe zu greifen, wie James Bond im Haifischbecken zum Kugelschreiber mit dem eingebauten Giftpfeil.

»Also, ganz so aus der Luft gegriffen sind unsere Ratschläge wieder auch nicht. Es gibt da eine neue Untersuchung aus Amerika, die besagt ...«

»Ach Flora, verschone uns bitte mit deiner neuesten Untersuchung aus Amerika«, mischt sich Lotte völlig überflüssigerweise von links ein.

»Es gibt doch kein Thema, zu dem ihr nicht irgendeinen Psychologenfuzzi auftreibt.«

Und so jemand will meine beste Freundin sein.

»Es ist eine Untersuchung der Stanhope University, über zweitausend Studenten wurden befragt«, bemühe ich mich um einen wissenschaftlichen Anstrich, aber niemand hört mir mehr zu. Corinna starrt unverwandt in ihren Spiegel, Lotte starrt in die Pfütze aus Olivenöl auf ihrem Teller.

»Weißt du«, sagt Lotte zu Corinna, »irgendwie beneide ich dich sogar um diese idiotische Geschichte. Ich wäre schon froh, wenn es einen gäbe, in den ich mich unglücklich verlieben könnte. Das würde mir schon reichen.«

Aber es tönt ja nicht einmal mehr die männliche Stimme von Paolo Conte über unseren Köpfen. Wir sind die letzten Gäste im Lokal, Leo steht am Tresen und klirrt bedeutsam mit den Gläsern. Ab nach Hause, Mädels, auch wenn da keiner auf euch wartet.

*

Am nächsten Morgen wird mir mein fortgeschrittenes Alter schmerzlich bewusst. Die Zunge fühlt sich an wie eine mottenzerfressene Pelzmütze, im Magen hausen Gespenster. Ich krieche aus dem Bett und denke an Lotte, die bereits seit zwei Stunden vor ihrer Klasse steht. Arme Freundin!

Dann fällt mir mein Terminplan für den heutigen Tag wieder ein: 14 Uhr, Interview mit Ernest Bitterlich, dem männlichen Megastar auf dem Psycho-Ratgeber-Büchermarkt. Arme Flora!

Auf meinem Schreibtisch stapeln sich die Ergüsse von Herrn Bitterlich, mittlerweile millionenfach verbreitet: »Der Mann – das verkannte Wesen«, »Wir Männer. Ein Handbuch für verunsicherte Zeitgenossen«, »Männer. Sanft geboren, zur Aggression erzogen«, und so weiter, und so fort.

Auf der Rückseite seiner Bestseller stets das gleiche Bild: Ein älterer Herr im Rollkragenpullover, das Haar dezent genialisch zerrauft, milde richtet sich sein Blick auf die Leserin, die endlich den Mann an ihrer Seite enträtseln möchte.

Ich flöße vorsichtig Apfelschalentee in meinen verkaterten Magen und grüble vor mich hin. Was soll ich Bitterlich bloß fragen? Nach neun Jahren im Interview-Geschäft schließe ich vor einem neuen Gespräch stets Wetten mit mir selber ab: Wetten, dass ich spätestens beim Begrüßungshändeschütteln sämtliche Antworten kenne? Ich gewinne fast immer.

Ernest Bitterlich hat sich die Lobby des teuersten Hotels unserer Stadt als Treffpunkt auserkoren, er residiert dort allerdings nicht auf »Marilyn«-Spesen, sondern wird von diversen Talkshows, als deren Stargast er fungiert, freigehalten.

Ich steige in meine besten Jeans und poliere meine Brille. Im Taxi kritzle ich endlich eine teuflische Einstiegsfrage auf meinen Notizblock.

»Herr Professor Bitterlich, was war der Auslöser für Ihr erstes Buch? Ein persönliches Erlebnis oder die Probleme, mit denen Sie in Ihrer Eigenschaft als prominenter Psychologe konfrontiert waren? Hat Sie der Erfolg Ihrer Werke überrascht?«

Das müsste reichen. Wie ich Ernest Bitterlich einschätze, wird er daraufhin mein Tonband vollquasseln. Hoffentlich!

Weltgewandt lässig schwebe ich ins »Plaza«, über roten Teppich, vorbei an Oleanderbäumchen in Messingkübeln und einem Portier in Generalsuniform – und erstarre.

Das darf doch nicht wahr sein, ein Alptraum, offenbar bin ich noch immer nicht aufgewacht, nie wieder werde ich Grappa trinken!

Ernest Bitterlich thront auf einem cremefarbenen Sofa in der Mitte der Halle, angestrahlt von gleißendem Scheinwerferlicht, und wechselt gerade von der Position des nachdenklichen Intellektuellen – Blick in die Ferne, die Arme schützend um den Körper geschlungen – in kämpferische Frontalhaltung, aufrecht und markig.

»Perfekt, einfach großartig, wie Sie das machen.«

Paolo d'Abruzzo tänzelt ums Sofa, verfolgt von Assistenten und Hotelangestellten.

»Den Kopf ein wenig nach links geneigt, ja so, sehr schön …«

Ich stelle mich einfach dazwischen, Paolos erster Assistent kollabiert fast vor Schreck.

»Was hast du hier zu suchen? Was soll der Zirkus?«

Paolo würde mich am liebsten mit dem Stativ aus der Halle jagen, aber dann siegt seine angeborene Sanftmut über die anerzogene Aggression.

»Hat man dir nicht Bescheid gegeben, Flora? Interview und Fototermin werden zusammengelegt, die Geschichte soll schon ins nächste Heft, da haben wir einfach nicht mehr Zeit. So beruhige dich doch.«

Paolos erster Assistent reicht mir ein Glas Orangensaft, Ernest Bitterlich beobachtet amüsiert unsere kleine Szene. Das hast du wirklich toll hingekriegt, Flora, wahrscheinlich wirst du in seinem nächsten Werk ausführlich behandelt werden, »Männer und Karrierefrauen – Sanftmut gegen Hysterie. Ein Leitfaden«.

Ich lasse mich in einen champagnerfarbenen Hochlehner sinken und tue so, als ob ich mich der bevorstehenden Ehre wegen erst sammeln müsste. Dabei bin ich bloß stinkwütend.

Nichts ist mühsamer als ein Interviewpartner, der zugleich fotografiert wird. Selbst der schrulligste Wissenschaftler ist dann plötzlich ganz auf seine Schokoladenseite konzentriert – »Bitte nicht von links, das hat schon meine Mutter gesagt« – und gestikuliert, als ob es um den Oscar ginge.

Zum Glück ist Ernest Bitterlich ein erfahrener Interviewpartner, der mit frustrierten Journalistinnen knapp vor den Wechseljahren gekonnt umzugehen weiß. Ich werde mit einem kleinen Lächeln beschenkt, sozusagen als Vorschuss auf meine klugen Fragen.

»Herr Professor Bitterlich, was war der Auslöser für Ihr erstes Buch? Ein persönliches Erlebnis oder die Probleme, mit denen Sie in Ihrer Eigenschaft als prominenter Psychologe konfrontiert waren?«

Professor Bitterlich lehnt sich zurück und blickt in eine philosophische Ferne.

»Dies ist wahrlich eine Frage, die nicht leicht zu beantworten ist. Ich will es dennoch versuchen.«

Ich schaue so gebannt wie möglich drein, der Rekorder zwischen uns surrt erwartungsvoll.

»Wie Sie wissen, spannt sich meine Arbeit in einem weiten Bogen« – Professor Bitterlich breitet seine Arme aus, Paolo klickt wie wild, Professor Bitterlich hält dankenswerterweise die Pose – »durch die vergangenen beiden Jahrzehnte. Jahrzehnte, die von größter Bedeutung für unsere Gesellschaft waren. Jahrzehnte des Umbruchs.«

Professor Bitterlich muss sich mit einem Schluck Earl Grey stärken, Paolo hält auch diesen bedeutsamen Augenblick fest.

»Nun, in keinem anderen Bereich kommt dieser Umbruch so sehr zum Ausdruck wie in der Mann-Frau-Beziehung. Es handelt sich dabei um das bedeutsamste Schlachtfeld unseres Jahrhunderts, mit den kämpferischen Frauen auf der einen Seite und den in die Defensive geratenen Männern auf der anderen Seite.«

Der Mann auf dem Sofa lehnt sich ermattet zurück, mir fallen Bilder aus der Tagesschau ein, die ich wohl nie vergessen werde.

»Auf dem Balkan ...«, hebe ich an, aber Professor Bitterlich wedelt schon ab.

»Ich weiß, was Sie jetzt sagen wollen, meine Liebe. Aber glauben Sie mir, der Schlüssel zu diesem wirklich bedauerlichen Geschehen ist in Tiefen der menschlichen Psyche verborgen, die in der bisherigen Diskussion kaum jemand anzuschneiden wagte.«

Sogar Paolo blickt jetzt interessiert, sein erster Assistent tupft ihm gerade die Schweißperlen von der Stirn.

»Was immer in der Geschlechterdiskussion übersehen wird, ist eine simple Tatsache von unendlicher Bedeutung. Sexualität spielt sich innerhalb des Körpers der Frau ab, aber außerhalb des Körpers des Mannes. Verstehen Sie, was ich damit sagen will, meine liebe Flora? Ich darf Sie doch Flora nennen?«

Professor Bitterlich deutet mein betretenes Schweigen als freudiges Einverständnis.

»Nun meine liebe Flora, nehmen wir einmal an, ich würde den Wunsch verspüren, Sie zu penetrieren. Selbstverständlich handelt es sich dabei nur um ein Beispiel.«

Der Herr Professor hält mir beschwörend-beschwichtigend seine Handflächen entgegen.

»Was wäre nun in einer solchen Situation mein größtes Problem?«

Paolo, der in Wirklichkeit Emil Knöpfelmacher heißt, grinst beredt hinter seiner Kamera, ich bringe ihn mit einem einzigen Blick zum Schweigen.

Professor Bitterlich gibt sich gerade selbst die Antwort. »Es wäre die Barriere Ihrer natürlichen Aggression, Ihrer angeborenen weiblichen Abwehrhaltung. Diese gilt es zu überwinden, mit Einfühlungsvermögen, aber auch gepaart mit dem männlichen Prinzip der Eroberung.«

Hilfe, mir wird schlecht, zittrig gieße ich kalten Earl Grey in mein Limonadenglas. Professor Bitterlich ist sichtlich angetan von dieser Wirkung, entspannt breitet er sich quer übers Sofa aus, Paolo geht in die Knie und knipst wie wild.

»Hat Sie der Erfolg Ihrer Werke überrascht?« höre ich mich krächzen.

»Auch auf die Gefahr hin, missverständlich interpretiert zu werden, muss ich zugeben, dass mich der Erfolg eher bestätigt als überrascht hat.«

Der gefeierte Bestsellerautor blickt dennoch bescheiden auf seine polierten Fingernägel.

»Es ist ein gutes Gefühl zu wissen, dass so viele Menschen mit meinen Thesen etwas anfangen können, dass sie ihnen vielleicht sogar Rat und Hilfe in schwierigen Situationen waren und sind.«

Das ist sogar meinem Rekorder zu viel. Das rote

Lämpchen blinkt wie wild, ich drücke entschlossen auf die Stopp-Taste.

»Vielen Dank für das Gespräch. Es war wirklich unglaublich.«

Professor Bitterlich scheint ebenfalls dieser Meinung.

»Leider bin ich heute Abend schon zu einer Podiumsdiskussion geladen. Aber ich bin noch zwei Tage in Ihrer schönen Stadt zu Gast. Es würde mich sehr freuen, wenn wir unsere interessante Unterhaltung weiterführen könnten.«

Der Herr Professor beugt sich vertraulich vor, ganz sanft, ganz einfühlsamer Überwinder meiner angeborenen weiblichen Aggression, und vertraut mir ein Geheimnis an.

»Auch Menschen wie ich, meine liebe Flora, verspüren manchmal ein Gefühl der Einsamkeit ...«

Ich schwanke zur Drehtür, vorbei am General in Portiersuniform, vorbei an den Messingbäumchen in Oleanderkübeln. Irgendwie bin ich heute durcheinander.

6

»Na, wie war's?«

Heidelinde und Romy halten gerade ein Schwätzchen in unserer kleinen Teeküche, gleich neben dem Reiseressort, schräg gegenüber von »Deine Partnerschaft und Du«.

Ich versorge Heidelinde und Romy mit einem kurzen Bericht über mein gestriges Bitterlich-Exklusiv-Interview.

»Das klingt ja schauerlich, dabei soll der Kerl sogar aufs Titelbild. Kann man das nicht verhindern?«

Romy verschluckt sich vor Aufregung beinahe an ihren Dinkelkeksen, aber Heidelinde schüttelt bedauernd den Kopf.

»Da ist nichts zu machen. *Sie*« – Heidelinde deutet mit dem Kinn in Richtung Chefredaktion – »fährt total auf diesen Kerl ab. Sie hat sogar alle seine Bücher mit persönlicher Widmung.«

Heidelinde schenkt uns noch einen ihrer eindringlichen Diese-Information-habt-ihr-aber-nicht-von-mir-Blicke und entschwebt in Richtung Klo, wir bleiben feixend zurück. Romy gießt uns sogar ein Tröpfchen Kirschlikör in den schwarzen Kaffee.

Die Atmosphäre ist so entspannt wie stets im September. Die aktuelle »Marilyn«, fast dreihundert Seiten dick, verkauft sich blendend. Wir verbreiten darin, genauso wie all unsere Redaktionsschwestern im Land, den alljährlichen Herbstterror.

Hast du wieder zu lange in der Sonne gebrutzelt, liebe

Leserin, und wirft die zarte Haut deiner empfindlichen Augenpartie deshalb Kräuselfältchen? Sind deine Haare ausgebleicht von zu viel Wind und Salzwasser, sind sie struppig und spröde? Fühlst du dich müde und schlapp und blickst den feuchtkalten Monaten voll banger Erwartung entgegen? Fürchte dich nicht, liebe Leserin, sondern kaufe unser extradickes Septemberheft mit der Sonderbeilage »So werde ich eine Winter-Beauty«. Zwischen unzähligen Annoncen für reichhaltige Emulsionen und schützende Fettcremes findest du darin die Tipps, die wir Jahr um Jahr aufs Neue verbraten: Vitamine und Gemüse, kalt duschen und reichlich Bewegung. Dazu ein positives Lächeln und ein Hauch vom neuesten Trendduft »St. Petersburg« – sinnlich wie eine Liebesnacht unter Zwiebeltürmen – und selbst der Winter im nasskalten Flensburg verliert seinen Schrecken.

Insgesamt ein todsicheres Rezept, pardon Konzept, die Kolleginnen von der Anzeigenabteilung stolzieren wie satte Pfaue durchs Haus, eine gewisse Flora Wieauchimmer hinterdrein. Schließlich hat sie mit ihrer Reportage »Meerjungfrau – ein Schönheitswochenende zwischen Gischt und Dünen« einen nicht unerheblichen Beitrag zum Gelingen des Heftes geliefert.

»… eine salzige Brise weht vom Meer, sanft gleiten die Fingerkuppen der Diplomkosmetikerin über mein Gesicht. Sie trägt eine duftende Algenpackung auf, die strafft und festigt zugleich und außerdem die Haut von überflüssigen Schlacken befreit. Bis zum köstlichen Lunch habe ich noch ein dichtes und abwechslungsreiches Programm zu absolvieren, Unterwassergymnastik und Massage, Farbberatung und Entspannungstechniken …«

An dieses Geschwafel schließen sich drei Doppelseiten Werbung für die allerneueste Produktlinie der Marke »Twenty Forever« an: »Aqua 2000«, kreiert für »die Frau im magischen Alter«, als »Hydroemulsion« oder »Ampullenkonzentrat« auf dem Markt, angereichert mit »Algenmolekularpartikeln« und »Tangextrakten«. Dazu Fotos von fohlenbeinigen Models, alle im magischen Alter zwischen vierzehn und siebzehn, die sich anmutig in cremefarbene Zopfpullover kuscheln.

Ich muss an Sylvie denken, die mir eine Ansichtskarte aus Teneriffa geschrieben hat, vollgekritzelt mit ihrer Kleinmädchenschrift. Keiner will sich ergeben, nicht einmal die Kellner. Jetzt setzt Sylvie ihre ganze Hoffnung auf Professor Scorsese, im Februar hat sie einen Termin bei ihm.

*

Ich sitze in meinem Lieblingskorbsessel, in meinen wärmsten und weichsten Lieblingssocken. Lotte sitzt mir gegenüber, ins Sofa gekuschelt, und hält ein kariertes Kissen mit geblümtem Rüschenrand umschlungen. Chris Rea singt, und mein bester Rotwein schaukelt sachte im Glas. Daniel hat seit drei Tagen nicht angerufen.

Nicht, dass mich dieser Umstand ernstlich verunsichern könnte. Nicht, dass mich diese Tatsache ernsthaft aus der Bahn werfen könnte. Ich habe nur seit gestern früh nichts mehr gegessen und seit gestern Abend ein klein wenig Kopfschmerzen. Eine psychosomatische Verstimmung, nichts weiter.

Tapfer lächle ich Lotte an, aber Lotte lächelt nicht zurück. Statt dessen schwenkt sie mein Kissen wie die Bibel, auf die der Angeklagte gleich vereidigt werden soll.

»Du hast es gewusst, Flora. Du hast es immer gewusst, dass dieser Moment einmal kommen wird.«

Und ich habe immer gewusst, dass Lotte dann haargenau diese Worte sprechen wird. Erbittert starre ich sie an. Das

Läuten des Telefons unterbricht unseren stummen Zweikampf, erleichtert stürze ich zu meinem Schreibtisch. Endlich, Daniel, jetzt wird sich gleich alles aufklären.

Aber es ist nur Heidelinde, die mich wegen meines Bitterlich-Manuskripts bedrängt.

»Was ist denn los, Flora? Jetzt bist du schon einen Tag über dem wirklich allerallerletzten Abgabetermin. Paolo hat so tolle Fotos geliefert, die Geschichte wird ganz groß gespielt. Also, klemm dich dahinter!«

Ich verpfände meine Ehre, dass innerhalb der nächsten zwei Stunden ein Taxi mit dem Bitterlich-Text zur Redaktion rasen wird. Heidelinde klingt skeptisch. »Flora, es ist wirklich ernst. Es platzt sonst die gesamte Produktion. Du weißt doch, wir haben das Interview schon im letzten Heft angekündigt.«

Mit hängenden Schultern schleiche ich zu Lotte zurück. Die hat alles mit angehört.

»Sag einmal, willst du jetzt wegen diesem Schleimfurz gar noch deinen Job und deine Existenz aufs Spiel setzen? Wahrscheinlich sitzt er gerade bei seinen reichen Schwiegereltern und gibt Pfötchen. Flora, so wach doch endlich auf.«

Ich leere mein Glas auf einen Zug. Lotte hat unrecht, Daniel liebt mich nämlich wirklich, aber vielleicht sollte ich mich doch an die Schreibmaschine bequemen. Daniel liebt mich wirklich, aber nach meiner Miete hat er noch nie gefragt.

Lotte ist zwar manches Mal eine Nervensäge, ohne Verständnis und Einfühlungsvermögen für Daniels komplizierte Situation, aber sie kann auch herzerwärmend praktisch und hilfsbereit sein.

Die nächsten Stunden verbringen wir über rauschenden Tonbändern und unleserlichem Gekritzel, der Ausbeute meines Exklusivinterviews mit Ernest Bitterlich. Lotte diktiert, und ich hämmere in die Tasten, FrageAntwort, FrageAntwort.

»Also ehrlich Flora, manches Mal beneide ich dich ja ganz schön um deinen Job. Aber wenn ich mir dieses Geschwafel so anhöre, dann freue ich mich geradezu auf meine Schüler. Die sind dagegen ja Einstein.«

Knapp vor Mitternacht sind wir fertig, fein säuberlich getippt und geordnet liegt das »Interview des Monats« vor uns.

»Und dafür werden Bäume gefällt.«

Lotte wirkt angeschlagen, zwölf Seiten Bitterlich-Thesen waren offenbar zu viel für sie.

»Noch ein Glas?«

Aber meine Freundin winkt nur ab.

»Heute nicht mehr, Flora. In sechs Stunden muss ich doch schon wieder aufstehen.«

Lotte klingt, als ob sie sich nach langer Zeit wieder einmal auf ihre Schüler freuen würde. Ich bringe sie zur Haustüre, wir umarmen uns in stillem Verstehen.

»Kopf hoch, Flora.«

Ich kehre in meine leere Wohnung zurück. Zum Glück habe ich vor einiger Zeit ein extralanges Kabel für mein Telefon bestellt, so dass ich es jetzt auch aufs Klo und ins Badezimmer mitnehmen kann. Wer weiß, wie oft er schon angerufen hat, und ich habe es überhört!

Aber so sehr ich auch meine Ohren spitze, das Telefon bleibt stumm. Nur die Abflussrohre rauschen, während ich mit Wattepads jongliere und Augencreme einklopfe.

*

Am nächsten Morgen mache ich mich wohlweislich zeitig in die Redaktion auf, meine zwölf Seiten unter den Arm geklemmt. Heidelinde übernimmt mit vielsagendem Blick, aber ohne Kommentar, und platziert Bitterlich prominent auf dem chefredakteurlichen Schreibtisch, ein weißer Stapel Papier auf weißem Lack. Principessa ist noch nicht eingetroffen, wahrscheinlich brütet sie über der Auswahl der ultimativen Ohrklipse.

Ich trödle in der Teeküche herum, male meine Lippen nach und falle Heidelinde auf die Nerven.

»Falls ein Anruf für mich kommt, dann rufe mich bitte sofort, ja?«

Heidelinde nickt bloß und kritzelt auf ihrem Kalender herum, unsensibel für das feine Zittern in meiner Stimme. Ich frage mich, wie Daniel es bisher geschafft hat, mit mir Kontakt aufzunehmen, bei soviel unserer Liebe feindlich gesinnten Ignoranten.

Mein Daniel – ein Held, ein Ritter des ausklingenden zwanzigsten Jahrhunderts, ein Löwe, getarnt als Ressortleiter. Und ich habe es nie zu schätzen gewusst, seine Anstrengungen nie richtig gewürdigt. Ach, wenn du bloß …

»Flora!«

Heidelindes Stimme schallt über den Flur.

»Ich komme!«

Zu dir, mein Geliebter, ich eile, fliege, schwebe, und nichts soll uns je mehr trennen.

Heidelinde blickt mir verdutzt entgegen.

»Ich habe gar nicht gewusst, dass dir dieses Interview so wichtig ist. Aber sei unbesorgt, sie ist höchst zufrieden.«

Heidelinde hält mir die Tür zum Büro unserer Chefredakteurin auf, wie ein Tölpel stehe ich da.

»Flora, Kompliment.«

Küsschen links, Küsschen rechts, perlmuttfarbene Schneckenhausklipse sind mir einen Moment lang ganz nah, bevor sie sich wieder hinter den Schreibtisch entfernen.

»Kompliment, Flora. Ich bin angenehm überrascht und, um ganz ehrlich zu sein, auch erleichtert. Es war wohl ein Wagnis, ausgerechnet dich zu Professor Bitterlich zu schicken, so dass mich das Ergebnis umso mehr freut. Ihr hattet wohl sofort einen Draht zueinander?«

»Hmm, tja, äh.«

»Ja, das merkt man auch sofort beim Lesen. Sehr schön, was für bemerkenswerte Aussagen du ihm entlocken konntest. Dazu die phantastischen Bilder von unserem lieben Paolo, intim und distanziert zugleich, ihr beide seid offenbar ein ganz exzellentes Team. Flora?«

Ich räuspere mich bedeutungsvoll.

»Es freut mich aufrichtig, dass du wieder für solche Glanzstücke in unserem Heft verantwortlich bist. Um ehrlich zu sein, ich war ein wenig in Sorge um dich. Ironie ist eine durchaus notwendige Würze, aber auch nur eine Prise zu viel lässt die Suppe bitter schmecken. Du verstehst doch, wie ich das meine, liebe Flora?«

Ich nicke nachdenklich und betroffen ob so viel Güte und Weisheit. Soll ich mich gerührt schnäuzen, oder wäre das wohl zu dick aufgetragen?

Das Problem wird von Heidelinde gelöst, die ihren Kopf zur Tür hereinsteckt.

»Ein dringender Anruf aus Paris, bei unserer Plüschpelzproduktion scheint es irgendwelche Probleme zu geben.«

Eine rasche Umarmung noch, innig und voll des neugeschenkten Verstehens, dann bin ich entlassen.

Heidelinde hält mir bereits den Hörer entgegen.

»Ein Anruf für dich.«

»Hallo?«

Lottes Stimme ist solch eine bittere Enttäuschung für mich, dass ich mich hinsetzen muss, auf den nächstbesten der wippenden Besucherstühle, die rund um eine Gruppe Palmen verteilt sind.

»Hallo Flora. Kannst du dich erinnern, wie du mir im ›Solo Fino‹ geraten hast, mich mehr unter die Leute zu mischen? Also, ich habe für heute Abend eine tolle Einladung zu einer Vernissage in der Kunsthalle ergattert, frage mich jetzt bitte nicht wie, aber sie gilt für zwei Personen, und da werden wir zwei hingehen, keine Widerrede, was zieht man da eigentlich an?«

Lotte muss endlich Luft holen, ich kann endlich protestieren.

»Lotte, bitte sei nicht böse, aber mir ist heute einfach nicht nach Kunsthalle.«

Aus dem Hörer schlägt mir pure Häme entgegen.

»Und wonach ist dir sonst, bitteschön? Nach Beim-Telefon-Hocken, vermute ich. Nichts da, diesmal bin ich unerbittlich. Erinnere dich gefälligst an die Tipps, die du uns immer in deinen klugen Geschichten um die Ohren knallst. Sich bei Liebeskummer ja nicht gehenlassen, nicht vereinsamen, sich was Gutes tun, blablabla. Also, wann treffen wir uns?«

Ich gebe mich geschlagen, müde, kampflos.

»Na schön. Was hältst du davon, wenn ich dich abhole, so gegen sieben? Dann können wir noch ein bisschen dein Styling besprechen.«

Diese kleine Gemeinheit musste sein, Lotte verabschiedet sich entsprechend säuerlich.

»Oh ja, an meinem Styling gibt es sicherlich jede Menge zu verbessern. Was für ein hilfsbereites Angebot, liebe Flora. Also dann, bis heute Abend.«

Wir legen auf, Heidelinde knüpft sofort den Gesprächsfaden weiter.

»In die Kunsthalle geht ihr, sag bloß zur Vernissage von

diesem Hajo Knörkken. Finne oder so was, soll ganz tolle Bilder sprayen und außerdem betörend ausschauen. Sie« – Heidelinde deutet hinter sich – »wird übrigens auch da sein.«

Auch das noch. Ich beschließe, den Rest dieses unglücklich bestrahlten Tages zu Hause zu verbringen, auch wenn dies bedeutet, dass ich die nächsten zwanzig Minuten ohne den überlebenswichtigen Kontakt zu einem Telefon verbringen muss.

Nie wieder werde ich über die Wichtigtuer lästern, die auf Kreuzungen und an Restauranttischen ins Mobiltelefon gestikulieren. Große Liebende, allesamt. Aber das ist mir erst heute klargeworden.

*

Wahrscheinlich liegt Daniel mit Ohrenpest darnieder, und zwar im tödlichen Endstadium. Ich habe ja bisher keine Ahnung gehabt, was dieser Mann für ein tägliches Martyrium erleidet. Aber seit einer Minute weiß ich es.

Vor einer Minute habe ich nämlich getan, was ich mir in den vergangenen zweieinhalb Jahren strikte untersagt habe. Ich habe Daniels private Nummer in Blankenese gewählt, mit zittrigen Fingern. Es hat dreimal geläutet, dann hat sich eine weibliche Stimme gemeldet, Frauke, wer sonst.

»Hallo. Hallo?«

Blechern, misstönend, eine Stimme wie das Kratzen von Kreide auf einer Schiefertafel, wie ein Kopfpolster, gefüllt mit Styroporkügelchen, wie – also eigentlich gibt es gar keinen Vergleich, der diesem scheppernden Organ gerecht werden könnte.

Mir zittern noch immer die Hände, obwohl ich natürlich sofort aufgelegt habe. Was hätte ich auch sagen sollen?

Vielleicht: »Sie akustisches Monster, geben Sie gefälligst Ihren Mann frei. Er war lange genug in Ihrer Gewalt.«

Oder besser: »Hier spricht Flora, die Mutter seiner Allgäuer Zwillinge. Die zwei sind noch immer Bettnässer, obwohl sie bereits in die dritte Klasse gehen. Kinder brauchen eben ihren Vater.«

Einen Herzschlag lang war ihr Glück in meiner Hand, aber ich habe edelmütig aufgelegt. Flora, du bist so lieb. Flora, du bist so blöd.

7

Lotte öffnet mir die Tür, Kampfeslust ins Gesicht geschrieben.

»Na, was sagst du? Oder sag lieber nichts. Es handelt sich nämlich um meine allerbesten Stücke, was anderes hab' ich nicht.«

Zum Glück ist es auch gar nicht nötig, taktvoll an Lottes Styling herumzuzupfen, sie sieht einfach toll aus. Ganz in Schwarz, ein übergroßer Blazer über dezentem Samtmini, schwarze Strümpfe und Pumps, als Glanzlicht drei Reihen dicke falsche Perlen um den Hals geschlungen. Phantastisch, Lotte, ehrlich.

Mein Outfit ist auch nicht gerade aus dem Versandhauskatalog. Übergroßer schwarzer Blazer, ein Schnäppchen aus Mailand, dazu eine durchsichtige schwarze Chiffonhose über schwarzen Leggings, schwarze Highheels. Als Glanzlicht drei Reihen dicke falsche Perlen, allerdings trendy ums linke Handgelenk geschlungen.

Beifällig mustern wir uns im großen Vorzimmerspiegel, ich lege noch eine Extraportion »Wild Amber« auf, Lotte besprüht sich mit einer Extraportion »St. Petersburg«, der allerneuesten Duftkreation von »Twenty Forever«. Ich denke an Daniel und bin plötzlich ganz zuversichtlich. Wahrscheinlich liegt seine Beziehung zu Frauke gerade in den letzten Zügen, sie klammert sich an ihn, tobt und droht, es ist ihm einfach unmöglich, diese hysterische Person auch nur eine einzige Sekunde aus den Augen zu lassen und ans

Telefon zu eilen, um seine wahre Geliebte, also mich, anzurufen, das ist des Rätsels Lösung, ach Daniel, mein rücksichtsvoller einfühlsamer Geliebter, wie habe ich dir bloß unrecht getan, mit meinen üblen insgeheimen Verdächtigungen.

Beschwingt zwinkere ich meinem Spiegelbild zu, alles wird gut, Flora, alles wird gut.

Lotte nickt beifällig.

»So gefällst du mir schon besser. Vergiss den Kerl endlich einmal, wenigstens für heute Abend.«

Du lieber Himmel, manches Mal kann sie aber auch ganz schön beschränkt und unsensibel sein. Ich will schon zurückpfauchen, aber dann überlege ich es mir doch anders. Was geht es Lotte an, dass ich endlich die Erklärung für Daniels Schweigen gefunden habe? Sie würde ja doch bloß argwöhnisch herumnörgeln, die arme Lotte.

*

Die Kunsthalle wird von Dutzenden unsichtbaren Scheinwerfern angestrahlt, ein funkelndes Riesenufo, notgelandet in der Parklandschaft am Fluss. Erwartungsvoll summende Grüppchen belagern den Eingang, Türwächter sortieren gnadenlos die Spreu vom Weizen.

»Pardon, aber die allgemein zugängliche Eröffnung findet erst morgen statt. Heute Abend ist geschlossene Gesellschaft.«

Das Pärchen vor uns will zuerst wütend protestieren, überlegt es sich dann aber anders und schreitet hoheitsvoll von dannen, ein tapferes Lächeln um die Mundwinkel gemeißelt.

Mir wird ein bisschen unbehaglich zumute, hoffentlich endet unser Auftritt nicht ebenso peinlich. Aber Lotte wedelt bloß nonchalant mit der Einladungskarte, auf feinstem Büttenpapier gedruckt, für zwei Personen gültig, und schon dürfen wir passieren, huldvoll nicke ich dem Türsteher zu.

»Wie bist du da überhaupt rangekommen? Das hast du mir noch gar nicht erzählt«, zische ich im Gehen in Lottes linkes Ohr.

Lotte würde gerne gelassen-geheimnisvoll dreinblicken aber es gelingt ihr nicht ganz.

»Tja, auch eine kleine Lehrerin hat so ihre Kontakte.«

Na gut, dann eben nicht. Oder aber später. Jetzt müssen wir uns sowieso auf andere Dinge konzentrieren, zum Beispiel auf ein gelungenes Gastspiel heute Abend.

Die Bühne sieht ja recht vielversprechend aus. Durch das Glasdach der Halle strahlt der Vollmond am Abendhimmel, an den mattweiß lackierten Wänden prangen Hajo Knörkkens Spraymalereien, krakenähnliche Gebilde, ganze drei Stück wurden in dem riesigen Raum verteilt, wie kostbare Schmuckstücke in einer Auslage an der Place Vendôme.

Der Vergleich ist übrigens nicht nur poetisch, sondern auch treffend, ein kopfpolstergroßer Hajo Knörkken wird auf dem internationalen Kunstmarkt zum Gegenwert eines Landhauses mit beheiztem Hallenbad gehandelt. Entsprechend andächtig bewegt sich das Publikum an den Werken vorbei, gedämpftes Murmeln erfüllt den Raum.

Achtzig zu zwanzig, so schätze ich auf den ersten Blick. Achtzig Prozent Frauen, in edles Schwarz und sämtliche Grauschattierungen der Saison gehüllt, dazu jede Menge falsche Perlen und Klunker als Farbtupfer, schwarzbestrumpfte Beine und klassische Pumps, ein Duftcocktail aus teuren Parfums hängt wie eine Kuppel über dem Raum. Dazwischen ein paar Männer, Galeristen, Klatschreporter und Fotografen, hauptberufliche Begleiter.

Ich unterdrücke tapfer ein Seufzen, Lotte hält sich weniger zurück.

»Wäre ich bloß zu Hause geblieben! Heute Abend spielen sie African Queen, und ich stehe hier, völlig umsonst aufgetakelt!«

»African Queen hast du schon mindestens siebenmal gesehen«, rechne ich Lotte kleinkrämerisch vor. »Außerdem ist es noch viel zu früh, um sich geschlagen zu geben. Wer weiß, vielleicht stolperst du schon innerhalb der nächsten fünf Minuten über den Mann deiner Träume!«

Aber wir stolpern bloß über den Mann mit dem Silbertablett. Vernissageerfahren inspiziere ich die Brötchen: Nur Anfänger entscheiden sich für den zähen luftgetrockneten Schinken, der im Mund immer grässlicher aufquillt, bis man schließlich in einem Anfall purer Verzweiflung den ganzen Knödel runterwürgt, mit hervorquellenden Augen, leise röchelnd. Profis wie ich entscheiden sich lieber für den schluckleichten Aufstrich, feingehackte Krabben und Kräuter verursachen schlimmstenfalls bunte Sprenkel zwischen den Zähnen.

Mit Tellerchen und Proseccoglas beladen schieben wir uns langsam ins Zentrum des Gewühls. Hallo, Hallöchen, Ciao, Küsschen, Küsschen. Alle sind sie da, die Wichtigen und die Wichtigtuer. Bruno, der Galerist, drängt an uns vorbei, mit bedeutsamer Miene, in alle Richtungen grüßend, ein alter Trick.

»Hu-uu, nein, was für eine Überraschung, mit euch beiden habe ich hier nie im Leben gerechnet.«

Eine sehnige Hand mit tiefrot lackierten Fingernägeln krallt sich in meinen rechten Oberarm, Ricarda flötet in mein rechtes Ohr.

»Das auch noch.«

Lotte stöhnt leise an meiner linken Schulter.

Immerhin ist Ricarda das einzige weibliche Wesen heute Abend, das es gewagt hat, sich dem Modediktat »Graue Maus« zu widersetzen. Zum extrahoch toupierten Ivana-Trump-Haarkegel hat sie sich in lilaschimmernden Samt einnähen lassen, offenbar ein Stoffrest, denn der Rocksaum endet nur knapp unterhalb des Strumpfhosenzwickels, dafür sind die Knöpfe des Ausschnitts bis zu den Brustwarzen offen.

Ich hüstle taktvoll.

»Ricarda, du stehst ja schon fast im Freien.«

»Huch, das ist mir ja gar nicht aufgefallen, nein so was.«

Ricarda schürzt die Lippen zum Schmollmund und rollt die Augen, schließt aber keinen einzigen Knopf zu. Nun ja, wenn sie meint, dass Männer auf so was abfahren, man will die arme Ricarda ja nicht verunsichern, sie wird schon von alleine auf ihren Irrtum draufkommen.

»Ricarda, was für eine Überraschung, du Wohltat für meine Augen.«

Dunkelgrauer Flanell verstellt mir den Blick, breite Schultern über schmalen Hüften, obendrauf ein Kopf wie Harrison Ford, das dunkelblonde Haar ganz kurz geschnitten.

»David, was machst du denn hier? Ich habe gedacht, du bist noch immer in Venedig!«

Ricarda schürzt die Lippen zum Schmollmund und klimpert mit den Wimpern, dass die Mascara bröselt. Ich räuspere mich taktvoll.

»Oh, du bist ja noch immer da, Flora, dich habe ich schon ganz vergessen, entschuldige. Darf ich übrigens bekanntmachen? David, Kunsthändler – Flora, Reporterin, sozusagen.«

Ich verschenke mein sanftestes Lächeln, David, der Kunsthändler, der sich – so wie ich – offenbar gerne in Venedig aufhält, nickt knapp zurück. Bei Ricarda sind mittlerweile auch die letzten Knöpfe außer Kontrolle geraten, David muss einfach beruhigend den Arm um ihre knochigen Schultern legen.

»Wie wär's mit einem Glas zur Feier dieses unverhofften Wiedersehens?«

Ich möchte gerade zustimmend nicken, da sind die beiden auch schon im Gewühl entschwunden, Ricarda winkt mir lässig zu.

»Ciao, Floraliebste, ruf mich doch bei Gelegenheit einmal an.«

»Ich fasse es nicht. Hast du das gesehen?«

Lotte wankt richtiggehend neben mir. Benommen stehen wir da, mit unseren Brötchentellern und Proseccogläsern.

»Hast du diesen Schnösel etwa attraktiv gefunden? Der ist garantiert eine Null im Bett, eine Supernull, das kannst du mir glauben.«

Ich mobilisiere meine gesamte Autorität als »Marilyn«-Autorin, aber Lotte wirkt nur mäßig getröstet.

»Glaubst du wirklich? Und wenn, ich hätte das gerne selber ausgetestet.«

»Tja, meine Liebe, dann darfst du dich eben nicht stylen wie eine Trauerweide. Oder glaubst du, dass so ein Aufzug die Männer anturnt?«

Streng blicke ich an meiner Freundin hinab.

»Und du? Schau dich doch selbst einmal in den Spiegel, du Gouvernante. Dir fehlen doch bloß noch schwarze Ränder unter den Fingernägeln!«

Rundum wird das gedämpfte Murmeln noch ein wenig gedämpfter, verstohlene Blicke treffen uns. Ich ziehe Lotte entschlossen weiter.

»Kriegst du mir jetzt auch noch einen Nervenzusammenbruch wegen diesem Impotenzler? Sei so gut und beherrsche dich, ja?«

Ich stelle unsere leergegessenen Teller auf dem nächstbesten Heizkörper ab und angle nach zwei weiteren Proseccogläsern, Lotte braucht jetzt dringend was für ihren Kreislauf.

Außerdem habe ich das Gefühl, in einem riesigen Backofen langsam dahinzuschmelzen. Kein Wunder, wir nähern uns auch dem scheinwerferbestrahlten Mittelpunkt des heutigen Abends, Kameras surren und Kabelträger fluchen leise, die lieben Kolleginnen und Kollegen aus den Kulturressorts balgen sich mit spitzen Ellenbogen um die beste Position für eine kluge Frage im Rampenlicht.

Im Epizentrum des Geschehens wird ein blondlockiger Knabe gnadenlos bedrängt, lächelt mit dem Charme einer Eisprinzessin in die Menge, so nah und doch so entrückt, einfach zauberhaft.

»Hajo Knörkken, überraschen Sie die impulsiven Reaktionen, die Ihre gesprayten Bestandsaufnahmen unseres Großstadtdschungellebens beim Betrachter immer wieder auslösen?«

Lisa Marie von der Heyden, blonde Doyenne der Kulturberichterstattung auf Kanal Drei, hält Hajo ihren Riesenphallus von Mikrophon bebend unter die Nase. Ich grüble wieder einmal, wie schwer diese Dinger wohl sind. Ob Lisa Marie mit Hanteln trainiert?

Eine Dolmetscherin flüstert eindringlich in Hajo Knörkkens Ohr, nach einem berührenden Moment der Einkehr, mit geschlossenen Augen – mir fällt plötzlich Ernest Bitterlich ein, auch das noch – flüstert Hajo Knörkken zurück. Schade, ich hätte so gerne einmal Finnisch gehört. Oder spricht unser Stargast etwa gar nicht Finnisch? Die Dame an seinem Ohr wirkt jedenfalls etwas ratlos. Aber sie fasst sich rasch, offenbar ebenfalls ein Profi, außerdem, wer soll sie schon korrigieren?

»Einsamkeit, Einsamkeit ist mein Thema. Es gibt kein anderes Thema von Bedeutung in den Straßenschluchten unserer Großstädte.«

Die Dame schweigt, wir schweigen mit, sogar Lisa Marie von der Heyden wirkt ergriffen.

»Hajo Knörkken, ist der Vorgang des Sprayens von zentraler Bedeutung für Ihr Schaffen, oder könnten Sie sich vorstellen, auch mit anderen Gestaltungsmitteln die Bilder in Ihrem Kopf für den Betrachter zu veranschaulichen?«

Die Dame an Hajo Knörkkens Ohr blickt um sich, auf der verzweifelten Suche nach einer Fluchtmöglichkeit, aber wir verstellen ihr den Weg, es gibt kein Entrinnen. Sie beginnt zu flüstern, ich blicke mich nach Lotte um, wir rucken beide gleichzeitig mit dem Kopf in Richtung Büffet. Nichts wie weg hier.

Rund ums Büffet hängen bereits Menschentrauben, oder besser gesagt, Frauentrauben. Schwarze Minis über schwarzbestrumpften Beinen, Lippenrot und blassgepuderte Gesichter. Gott, was sind wir alle schön und gepflegt, gestählt und selbstbewusst. Wo ist bloß der Mann, dem ein solches Kleinod noch in seiner Dachterrassenwohnung fehlt?

Ich lasse Lotte alleine zurück und flüchte mich aufs Damenklo. Die Haremsatmosphäre an diesem Ort habe ich schon als Kind geliebt, bei Kaufhausbesuchen an der Hand meiner Mutter. Frauen, die sich prüfend in den Spiegel blicken, die Lippen nachziehen und das überschüssige Rot mit der Zungenspitze von den Zähnen lecken. Frauen, die in der Ecke beim Tamponautomaten stehen und miteinander tuscheln, kichern, sich die Härchen von den Schultern zupfen. Eine Ahnung von Freundschaft und Solidarität liegt in der Luft, mehr als bei jeder feministischen Podiumsdiskussion. So habe ich es wenigstens stets empfunden. Aber ich werde mich hüten, irgendjemandem davon zu erzählen.

Ich lasse kaltes Wasser über meine Handgelenke laufen, da erscheint ein Frauenkopf in meinem Rücken, lackschwarzes Haar umrahmt das schmale Gesicht wie eine Kappe. Sarah, eine Kollegin aus frühen Tagen, in großen Abständen laufen wir uns immer noch über den Weg.

»Flora, seit wann gehst denn du auf Vernissagen? Dich habe ich doch als ganz große Kunstbanausin in Erinnerung.«

Sarah schlingt ihre Arme um mich, wir grinsen beide vergnügt unser Spiegelbild an.

»Eine Freundin hat mich hierher geschleppt, in der Hoffnung, dass uns zwei Prinzen aus Abu Dhabi versehentlich mit Mayonnaise bekleckern und uns daraufhin für den Rest unseres Lebens eine Rente zahlen.«

Sarah grinst noch ein bisschen schäbiger. Jetzt endlich schauen wir uns wirklich in die Augen, prüfend, ob der vertraute Ton auch noch angemessen ist. Sarah ist schmaler geworden, sie hat Schatten unter den Augen, die sie allerdings durchaus kleiden.

»Flora, schau mich nicht so an, ich weiß selbst, dass ich ganz schön elend beisammen bin.«

»Was machst du jetzt eigentlich, wo schreibst du gerade, bist du fix angestellt?«

Ich rede einfach drauflos, um das seltsam beklemmende Gefühl niederzukämpfen, das plötzlich in mir hochsteigt.

»Ach, ich schreibe mal hier und mal da, du weißt ja, wie das so läuft, wenn es nicht gut läuft. Ich schreibe für tausend Mark im Monat Geschichten über Frauen mit zehntausend Mark im Monat. Die Juwelierstochter, die sich als Schmuckdesignerin versucht. Die Industriellengattin, die sich als Galeristin verwirklicht. Ach, Flora, du kennst doch diese Geschichten, dir brauche ich doch nichts zu erzählen.«

Sarah lächelt, so tapfer, dass mir fast das Herz bricht. Jetzt weiß ich auch wieder, dass ich sie doch längst schon einmal anrufen wollte, es gab da diese Gerüchte …

»Bist du wieder ganz in Ordnung? Ich habe im vergangenen Jahr gehört, dass du gesundheitliche Probleme gehabt hast?«

»Halb so schlimm, es ist alles ausgestanden, ich bin jetzt einfach um meine linke Brust leichter.«

Sarah lächelt jetzt ganz locker, fast belustigt über mein Erschrecken. Wenigstens fange ich noch im allerletzten Moment meinen Blick ab, der schon über ihren Pullover tasten wollte.

»Wenn du magst, kann ich's dir einmal zeigen, ich habe keine Probleme damit. Ich wäre dir nur dankbar, wenn du es für dich behältst. Du kennst ja unsere Branche, sonst lande ich gleich im Frauen-erzählen-ihr-Schicksal-Eck.«

Lotte kommt hereingestürmt, mit wehenden Klipsen.

»Flora, wo steckst du denn? Ist dir eine Kontaktlinse in die Klomuschel gefallen, oder was ist los?«

Ich umarme Sarah, vorsichtig, wie eine kostbare Puppe.

»Ich rufe dich an, ja?«

Sarah nickt.

»Mach's gut, Flora. Ich würde mich freuen.«

»Wer war das? Irgendwie kommt sie mir bekannt vor.«

Lotte zupft neugierig an meinem Arm.

»Das war Sarah Billstedt, sie hat vor Jahren diese phantastische Kolumne im Tagblatt geschrieben, ›Aufgeblättert‹, das war Feminismus pur mitten unter all dem Geschreibsel.«

»Jetzt kann ich mich erinnern, natürlich, toll. Und was macht sie jetzt?«

Lotte wirkt schwer beeindruckt. Aber ich habe keine Lust, über Sarah zu reden.

»Ach, nichts Besonderes. Sie schreibt mal da, mal dort.«

»Schade«, murmelt Lotte, »irgendwie schade.«

Draußen ist die Hölle los. Kein Mensch kümmert sich mehr um Hajo Knörkkens Spraymalereien, einsam steht der Künstler am Büffet und stopft sich grüne Salatblätter in den Mund, mit den Fingern. Lisa Marie von der Heyden beobachtet die appetitliche kleine Szene aus sicherer Entfernung.

Ich erblicke ein paar krapfenähnliche Goldohrringe und verdrücke mich schleunigst in die entgegengesetzte Richtung. Zeit zu gehen, Lotte, Prinz taucht hier heute Abend sowieso keiner mehr auf.

Wir schreiten zum Ausgang, müde, ein bisschen enttäuscht, zwei tapfere Königinnen der Nacht.

8

Die Erde ist so feucht, dass sie unter jedem unserer Schritte glucksend nachgibt. Das Laub ist glitschig und es riecht nach Nebel.

Wie lange sind wir schon so dahingewandert? Ganz vorsichtig riskiere ich einen Blick auf den Mann an meiner Seite, Daniel starrt auf seine verdreckten Schuhspitzen, gleich werden sie zu ihm sprechen, ihn erlösen.

Gestern Vormittag hat er mich in der Redaktion angerufen, seine Stimme hat verzweifelt locker und belanglos geklungen.

»Flora, können wir uns morgen treffen? Kannst du es irgendwie möglich machen? Wir könnten zum See hinausfahren und ein bisschen spazieren gehen. Ich brauche dringend frische Luft.«

Ich habe zugesagt, ganz ohne Diskussionen und Fragen. Eine Ahnung hält seitdem meinen Magen umklammert wie ein eiserner Tumor. Jetzt wandern wir um den See, zwei Gestalten, die unentwegt im Nebel verschwinden.

»Wie geht es deiner Frau?«

Noch nie habe ich diese Frage gestellt, ich wundere mich plötzlich selbst, weshalb eigentlich nicht, sie kommt doch so leicht von den Lippen. Wie ist das Wetter in Hamburg, was macht dein Artikel, danke, es geht mir gut, ja wirklich, und übrigens, wie geht es deiner Frau? Daniel seufzt tief und schmerzlich, es klingt wie ein verschlucktes »Ach, Flora«, dann gluckst es wieder unter unseren Füßen.

»Sie ist wieder schwanger.«

Ich gehe weiter, einfach weiter, und denke mir, dass ich ziemlichen Hunger habe, eine heiße Suppe wäre jetzt nicht schlecht oder ein Glas Weizenbier zu einem deftigen Speckbrot.

»Ach, wirklich.«

Das war jetzt ganz eindeutig meine Stimme. Daniel und ich unterhalten uns heute offenbar im Herz-Schmerz-Vokabular, ach, ohh, Liebster, fang mich auf, mein Herz hört gleich zu schlagen auf.

Das ist natürlich eine Übertreibung, mein Herz arbeitet solide und verlässlich, ich spüre sein Pochen gegen meine dunkelblaue Jacke mit dem abknöpfbaren Karofutter.

»Flora, du musst mich einfach verstehen. Ich bitte dich, es ist nicht so, wie du jetzt vielleicht denkst.«

Zum ersten Mal an diesem Tag habe ich das Gefühl, dass mich Daniel wirklich ansieht, ich spüre seinen flehentlichen Blick.

»Flora, bitte.«

»Und, möchtest du das Kind haben?«

Irgendwie kann ich ein Gefühl der Hochachtung für mich selbst nicht ganz unterdrücken, diese zähe Person, die so reibungslos funktioniert, auch wenn ihre Kniegelenke sich anfühlen wie Brei.

»Sie möchte es haben, unbedingt. Ihre Eltern wissen es auch schon und würden uns den Umzug in ein größeres Haus in Blankenese finanzieren. Du weißt ja, sie ist die einzige Tochter.«

Ja, ich weiß.

Daniel, offenkundig erleichtert über das Ausbleiben hysterischer Reaktionen meinerseits, redet immer weiter, wie ein Anwalt vor den Geschworenen, der für seinen stummen Mandanten plädiert.

»Flora, wir beide haben es immer gewusst. Wenn wir uns früher getroffen hätten, ja dann …«

Daniel legt eine kurze dramatische Pause ein, ich höre Lottes Stimme zwischen dem Schilf, »Flora, du hast es immer gewusst …«.

»… die große Liebe meines Lebens. Und das weißt du auch. Aber ich habe nun einmal Verpflichtungen meiner Familie gegenüber. Ich habe Frau und Kind. Das Haus ist auch schon ausgesucht, wir werden nächsten Monat umziehen, bevor der ganze Schwangerschaftskram zu mühselig wird. Von ihrem Großvater wird Frauke sogar die wunderschönen Jugendstilmöbel bekommen.«

Die Stimme des Mannes an meiner Seite klingt immer mehr wie ein Greinen, kläglich, um Trost und Verständnis heischend.

So ist das also. Ich blicke über den See. Einen Sohn könnte ich Daniel vielleicht ja noch gebären, aber bei echten Jugendstilmöbeln, da musst du passen, Flora.

Ich lege meine Hand zwischen Daniels Schulterblätter und massiere sanft seinen Rücken. Die Berührung verschafft mir Trost und Halt.

»Dann ist es also aus …«

Ich kann mich in so kurzer Zeit nicht zwischen Punktum und Fragezeichen entscheiden, der kurze Satz klingt irgendwie zittrig aus.

»Es muss aus sein, Flora, bitte verstehe mich doch. Wenn ihre Familie jetzt von unserer Beziehung erfahren würde, das wäre eine Katastrophe. Flora, ich liebe dich.«

Daniel blickt mich an, ein feuchter Schleier legt sich über seine Augäpfel, Tropfen sammeln sich an seinem unteren Wimpernrand. Sachte löse ich meine Hand von seinem Rücken, gleich werde ich umkippen. Daniel blickt mich an, ein Tränchen verfängt sich in seinen Bartstoppeln, und das hält mich dann doch aufrecht.

Nur sprechen kann ich jetzt nicht, noch nicht. Wir lächeln uns an, zaghaft, und gehen dann weiter, das erscheint einfach die beste Lösung für den Augenblick.

»Bleibst du noch über Nacht? Wir könnten uns im ›Seehaus‹ ein Zimmer nehmen, die Spesen könnte ich schon irgendwie mit der Redaktion verrechnen.«

Das klingt ganz nach meinem vertrauten alten Daniel, erleichtert atme ich tief durch, ich brauche mir also keine allzu großen Sorgen um seinen Gemütszustand zu machen.

»Nein danke, ich fahre lieber zurück, ich muss morgen früh für Saskia vom Gesundheitsressort einspringen. Irgendsoeine Pressekonferenz über künstliche Befruchtung.«

»Es war nur ein Vorschlag.«

Daniel klingt beleidigt.

Wir stapfen zum Bahnhof zurück, der nächste Zug geht erst in vierzig Minuten. Wir sitzen sie schweigend auf einer orangefarbenen Plastikbank im Wartesaal ab. Ich stelle mir vor, auf dem elektrischen Stuhl zu sitzen und auf meine Hinrichtung zu warten. Würden dann die vierzig Minuten nicht wie ein Herzschlag verfliegen?

Aber die Selbsthypnose klappt nicht so recht, offenbar bin ich begnadigt worden, eine Minute dauert exakt hundert Jahre auf der verstaubten Wanduhr schräg gegenüber. Dann fährt der Zug ein.

Dann stehen wir am Hauptbahnhof, unter Stahl und Glas, die Verkäuferin vom Blumenkiosk besprüht ihre Biedermeiersträußchen mit den weißen Papierrosetten.

»Machs gut.«

»Du auch.«

»Ich lass von mir hören.«

»Tu das.«

»Ich liebe dich.«

»Ich dich auch.«

Und Daniel geht davon, ich drehe mich um, bevor er es tun kann.

*

Zu Hause öffne ich als Erstes den Kühlschrank und hole zwei Flaschen Chablis heraus, meinen einzigen Vorrat an Alkohol. Mit einem feuchten Quietschen gleiten die Korken aus den Hälsen. Ich leere die beiden Flaschen in die Spüle, ein säuerlicher Geruch steigt aus dem Ausguss. Dann krame ich in allen Taschen nach Münzen. Schließlich habe ich ein ansehnliches Sümmchen zusammengehäuft, ich trage es in meinen hohlen Händen zum Klo. Die Münzen klirren auf dem weißen Porzellan, nicht alle lassen sich sofort wegspülen, ein paar blinken wie ein versunkener Schatz auf dem Boden des Abflussknies. Daniel, du Arschloch, wegen dir werde ich nicht zur Trinkerin, und mit dem Rauchen fange ich auch nicht wieder an.

Ich lasse heißes Wasser in die Wanne rauschen und drei japanische Badeperlen darin zerschmelzen. Lachsrosa Schaumgebirge wachsen auf der Oberfläche, es duftet nach Orangen und Orchideen, Nässe perlt über Spiegel und Kacheln. Ich steige in die Wanne, endlich brauche ich mich nicht mehr aufrecht zu halten, endlich weicht die Starre von mir. Salzige Rinnsale laufen über mein Gesicht, sprengen winzig kleine Krater in den Schaum.

Es tut nicht weh, Flora. Es tut nicht weh. Ich schlage die Hände vors Gesicht und weine wie ein kleines Kind.

*

Die Nacht ist überstanden. Ich habe es längst aufgegeben, mich schlaflos in meinem Bett zu wälzen, habe Kaffee gekocht und in der Tasse wieder kalt werden lassen.

Um sechs Uhr früh beginne ich mein bleiches Gesicht zu schminken. Zartbräunliche Foundation, darüber großzügig beiger Puder und ein paar kräftige Pinselstriche Rouge über die Backenknochen, unter die Augenbrauen und auf den Nasenrücken gestäubt. Schwarze Mascara, dreimal getuscht. Mit einem Kleenex sorgsam darüber getupft. Farblose Lippenpflege und eine dicke Schicht »Wild Amber« aufgemalt. Ich beuge mich nach vorne und bürste mein Haar kopfüber, richte mich auf und werfe es mit Schwung in den Nacken. Zupfe ein paar Strähnchen zurecht. Sprühe »Rive Gauche« in meinen Nacken, meine Armbeugen und Kniekehlen. Lächle meinem Spiegelbild zu. Die Zeit heilt alle Wunden. Wenn die Not am größten, ist Gottes Hilf' am nächsten. Jeder Nachteil hat seinen Vorteil. Nicht weinen mit Schminke im Gesicht.

Um sieben Uhr früh sperre ich meine Wohnungstüre zu, fünf Minuten nach sieben entsorge ich Ernest Bitterlichs gesammelte Werke im Altpapiercontainer vor unserem Haus. Ordnung muss sein, Ordnung ist das halbe Leben. Ohne Fleiß kein Preis.

Um acht Uhr dreißig fahre ich mit dem Lift zur Redaktion hoch und kontrolliere mein perfektes Make-up im Spiegel an der Wand. Kopf hoch, Rücken gerade. Um acht Uhr fünfunddreißig betrete ich unsere kleine Teeküche und Romy starrt mich an: »Um Gottes willen Flora, was ist passiert? Wie siehst du denn aus?«

*

Anita, unser hoffnungsvolles Jungtalent, schält konzentriert einen Schwarzbeermüsliriegel aus seiner Folienhaut. Fünfzig Prozent fettreduziert, vitaminreich und ballaststoffangereichert. Die ideale Zwischenmahlzeit, Anita weiß, was sie sich schuldig ist. Romy beugt sich über den Konferenztisch, über Kaffeetassen, Aschenbecher und Manuskriptstapel, ganz mütterliche Fürsorge und Zuwendung.

»Anita, hast du diesen Artikel in der Wochenendbeilage der ›AZ‹ nicht gelesen? Über den Müsliwurm?«

Anita hält im Kauen inne und schaut verunsichert drein. Sonja aus der Graphik hört auf, obszöne Männchen zu stricheln, sogar Veronika schreckt aus ihren Tagträumen hoch. Ekelthemen sind nun einmal unser aller liebster Gesprächsstoff.

»Bei einer Untersuchung der Konsumentenschutzzentrale Castrop-Rauxel wurden in über der Hälfte aller Müslierzeugnisse Maden und Würmer gefunden.«

Romy doziert mit erhobenem Zeigefinger, Anita lässt angewidert ihren Blaubeerriegel fallen und angelt sich ein Papiertaschentuch aus ihrem falschen Fendi-Täschchen. Romy spendet schwachen Trost.

»Aber die Würmer sind meist nur unter dem Mikroskop zu sehen.«

Anita springt auf und entschwindet, ich vermute in Richtung Toilette. Schwacher Magen, für Reisereportagen empfiehlt sie sich nicht gerade mit solch einem mimosenhaften Getue. Beinahe rennt sie Principessa um, die gerade zur Tür hereinweht, in einer zitronig-schwülen Wolke, die oberste »Marilyn« besprüht sich selbstverständlich nicht mit irgendeinem Duft aus der Parfümerie, sondern lässt sich ihr höchstpersönliches Gebräu zusammenmixen, in diesem entzückenden kleinen Laden, gleich ums Eck von der Rue Cambon, was soviel bedeutet wie gleich ums Eck von

»Chanel«, für all die Deppen, die diesen dezenten Hinweis nicht kapieren.

Die Kaffeekanne kreist um den Tisch, Feuerzeuge klicken, Principessa wickelt sich aus ihrem meterlangen Chiffonschal. Mir fällt Isadora Duncan ein. Ob sich so ein duftiger Schal nicht auch in den Speichen einer Kugelkopfschreibmaschine verfangen könnte?

Principessa kippt ihr erstes Glas kalorienreduziertes Mineralwasser – sie trinkt täglich mindestens drei Liter zur Entschlackung und Nervenstärkung, vermutlich auf Anraten Ernest Bitterlichs – und blickt geradezu warmherzig in die Runde.

»Meine Lieben, zu unserem letzten Heft möchte ich uns ausdrücklich gratulieren.«

Anita ist gerade rechtzeitig von der Toilette zurückgekehrt, um dieses Lob in erster Linie auf ihre Person zu münzen, strahlend sitzt sie da und hat ganz den Müsliwurm vergessen. Romy feixt und Veronika faltet ein Papierschiffchen. Ich blättere in dem druckfrischen Heft, das vor mir liegt.

»Das Madonna-Syndrom. Eine lustvolle Expedition ins Reich von Hingabe und Extase. Unsere Autorin Elfriede Müller-Blechschmidt berichtet.«

Zartviolette Schrift quer über die Doppelseite, quer über lasziv geöffnete Frauenschenkel auf einem schimmernden Satinlaken, schemenhaft tastet sich eine markige Männerhand über die Waden hinauf. Yummi, yummi, die Herren Chefredakteure von den Männermagazinen müssen sich allmählich anstrengen, um neben »Marilyn« nicht zum Pfarrblättchen zu verblassen.

Elfriede hat aber auch tief in die Tasten getunkt, ich muss ihr bei Gelegenheit meine Anerkennung aussprechen.

»Leg dich auf mich, mein starker Geliebter, halt mich fest, drück mich nieder, gib mich nie wieder frei … Stark durch Schwäche – die Frau der neunziger Jahre ist selbstbewusst genug, um sich den Kick der Hingabe zu gestatten … Explosion statt Diskussion lautet das Motto des Geschlechterzweikampfes auf Futons und Matratzen … Fang mich auf, du Mann aus Stahl und Eisen …«

Ich könnte eine kleine Stärkung gebrauchen, aber es bietet sich nur Anitas angebissener Müsliriegel an. Da blättere ich lieber weiter.

»Wäsche von ›La Donna‹ verwandelt jede Frau in eine Königin der Nacht« – unter einem Moskitonetz räkelt sich eine rassige Schönheit in Korsett und Strapsen, schläfrig blickt sie einem unsichtbaren Liebhaber entgegen, der ihr die sündteure Wäsche auf der Stelle vom Leib reißen wird. Werbung für kokette Dessous macht einen Eckpfeiler unserer Einnahmen aus, »Marilyn« und alle anderen Frauenzeitschriften auf dem Markt leben prächtig vom uralten Missverständnis, dass Spitzen und Rüschen aus tapsigen Männern feinfühlige Liebhaber zaubern. Beinahe empfinde ich Mitleid für all die altgedienten Ehemänner, die beim Anblick ihrer Gattin im Spitzenbody bloß zu frösteln beginnen vor Leistungsdruck.

»… die Lust, endlich fünfzig zu sein. Dazu natürlich Porträts von prominenten Frauen dieser Altersgruppe, abgerundet mit Tipps aus ihrem höchstpersönlichen Fitness- und Wellnessprogramm.«

Principessa blickt um sich, beifallheischend, erwartungsvoll. Zwei Drittel der Redaktion starren gebannt auf ihre Fingernägel, ein Siebzehntel, nämlich Veronika, faltet obszöne Papierbananen, Romy durchbohrt mich mit beredten Blicken.

Endlich vierzig, endlich fünfzig, endlich siebzig, endlich hundert. Ich stelle mir die dazu passende Werbung vor, blickdichte Strumpfhosen gegen Krampfadern und Besenreiser, dann kannst du auch mit einundachtzig noch Mini tragen, liebe Leserin, null Problemo. Dazu die neue Wundercreme gegen Altersflecken auf dem Handrücken, Laserwaffen gegen Runzeln sowieso.

Anita kann sich vor Begeisterung kaum fassen.

»Eine phantastische Idee. Ich finde diesen ewigen Jugendkult sowieso schon kaum mehr erträglich. Frauen werden doch erst ab vierzig wirklich erotisch.«

Anita schenkt Principessa einen bewundernden Blick und lehnt sich zurück, mit vierzig wird sie Chefredakteurin aller Frauenmagazine weltweit sein, mindestens. »Also ich weiß nicht so recht.«

Veronika, unsere Fachfrau für den Unterleib, blickt skeptisch um sich.

»Laut Media-Analyse liegt unser Zielpublikum in der Altersgruppe zwischen zwanzig und dreißig. Wollen wir denen wirklich einen ganzen Sonderteil übers Frausein nach den Wechseljahren zumuten?«

»Was meinst du denn, was zumutbar wäre? Sollen sich Claudia und Naomi und Cindy demnächst vielleicht einfrieren lassen, um der großen Peinlichkeit zu entgehen, älter als dreißig zu werden?«

Nanu, die sanfte Friederun wirkt ja plötzlich echt wütend, so kennen wir sie gar nicht.

»Glaubt ihr vielleicht, es macht Spaß, tagaus, tagein immer nur Pickel und Falten wegzupinseln? Ich habe schon eine nervöse Gastritis von diesen Puppengesichtern!«

Friederun ist bereits die zweite Redakteurin bei dieser Themenkonferenz, die fluchtartig die Toilette aufsuchen muss. Beunruhigt blicken wir ihr nach, hoffentlich kein ansteckender Virus.

Nur Principessa bewahrt Ruhe und Gelassenheit.

»Unsere arme Friederun wird sich sicherlich bald wieder gefasst haben. Könnten wir uns mittlerweile dem nächsten Punkt zuwenden?«

Und wieder einmal gilt es, die obligaten zwölf Seiten im ersten Heftdrittel mit knisternder Erotik zu füllen, mit prickelnder Spannung, mit Lust und Ekstase. Die Spannung, die über dem mattschimmernden Konferenztisch lastet, ist allerdings mehr gereizt als prickelnd. Jede meidet den Blick der anderen, bleischwere Stille füllt den Raum.

»Nachdem wir uns in den vergangenen Monaten eingehend mit zwischenmenschlichen Aspekten beschäftigt haben, erscheint es mir angebracht, sich wieder verstärkt körperintensiven Themen zu widmen. Fällt irgendjemandem ein neuer Blickwinkel dazu ein?«

So dynamisch und motivierend habe ich unsere Chefredakteurin noch selten erlebt, vielleicht besucht sie heimlich Managementseminare im Tessin. Angestrengt wird nachgedacht, Anita schließt zwecks besserer Konzentration sogar die Augen. Ich tue es ihr nach, werde aber unsanft wieder geweckt.

»Flora, was höre ich aus deiner Ecke?«

»Mmmh ... ähh ... pfhhh ... Kniekehlen. Kniekehlen, das magische Dreieck zwischen Himmel und Erde.«

Peng. Stille. Schweigen. Was ist mir da bloß eingefallen in einem einzigen unseligen Moment? Verblüfft lausche ich meinen eigenen Worten nach. Sogar Romy schüttelt missbilligend ihren Kopf. Flora, Flora, jetzt hast du aber eindeutig übers Ziel hinausgeschossen. Ich würde meine Worte ja auch gerne zurücknehmen, aber das ist eben nur mit Sprechblasen im Comicstrip möglich. Also wappne ich mich besser fürs garantierte Donnerwetter und recke entschlossen mein Kinn in die Höhe.

»... Kniekehlen. Kniekehlen, das magische Dreieck. Wo

das Blut so knapp unter der Haut pulsiert und jedes sanfte Streicheln sofort bis in die Zehenspitzen rast ...«

Principessa spricht mehr zu sich selbst, wir starren sie verblüfft an. Anita findet als Erste die richtigen Worte, wie immer.

»Also ich finde diese Idee zwar höchst ungewöhnlich, aber auch durchaus reizvoll.«

Anita, die beinahe meine Tochter sein könnte, schenkt mir ein huldvolles Lächeln, ich lächle zurück mit gefletschten Zähnen.

»Kommt Kinder, nicht so lahm, was fällt euch ein zu Floras Vorschlag?«

Elfriede fehlt ganz entschieden, unsere Starschreiberin fürs Tiefempfundene hat sich für zwei Wochen Urlaub auf eine karibische Insel zurückgezogen und wohlweislich keine Faxnummer hinterlassen.

Wir improvisieren entschlossen vor uns hin, unglaublich, was einem in der Not alles zu drei Quadratzentimetern blanker Haut einfällt. Principessa macht dem Kichern und Prusten ein Ende.

»Flora, das magische Dreieck war deine Idee, also kümmere dich auch bitte um die Umsetzung. Zwölf Seiten bis zum Achtzehnten, abgemacht?«

Ich ringe nach Luft. Zuerst Ernest Bitterlich im Parkhotel, dann Daniel am See, und jetzt zwölf Seiten über die Erotik der Kniekehlen. Alle Leidensfähigkeit hat irgendwann ein Ende, entschlossen stemme ich mich aus meinem freischwingenden Chrom-Lederfauteuil, um »Marilyn« meine Kündigung vor die Joop-Pumps mit der lackschwarzen Kappe zu schleudern.

Dorothee vom Reiseressort piepst dazwischen.

»Es tut mir furchtbar leid, aber das geht leider nicht, Flora ist für die nächsten zwei Wochen schon ausgebucht.«

Nanu, davon weiß ich ja gar nichts.

»Wir haben doch diese Serie im Blatt, über die berühmtesten Züge der Welt. Jetzt habe ich von unserem Reisebüro erfahren, dass gerade die ideale Zeit für eine Reportage über den Uganda-Train wäre, von Mombasa nach Nairobi. Und Flora ist doch unsere Spezialistin für solche Trips.«

Allerdings, das bin ich.

Unhörbar aufseufzend lasse ich mich in meinen freischwingenden Chrom-Lederfauteuil zurückgleiten. Sand und Staub und Hitze, Malaria und Aidsgefahr gegen zwölf Seiten Magie der Kniekehlen, was für ein himmlischer Tausch, im Geist umarme ich die schmächtige Dorothee voller Inbrunst.

»Nun ja.«

Principessa klingt unüberhörbar indigniert, aber zum Glück fällt ihr im Handumdrehen ein Ausweg aus diesem Schlamassel ein.

»Anita, dir hat doch die Idee so gut gefallen. Wie wäre es, wenn du dich erstmals über ein großes Sexthema wagen würdest? Ich persönlich wäre jedenfalls höchst gespannt, wie du es anpackst. Was meint ihr, Mädels?«

Heftig nickend pflichtet die gesamte Redaktion unserer Chefin bei, Anita bewahrt tapfer Fassung.

»Oh, also damit habe ich nicht gerechnet. Jetzt schon … ähh, es ist mir eine Ehre, ich werde mir allergrößte Mühe geben.«

Principessa blickt triumphierend in die Runde, wieder eine Konferenz mit Bravour absolviert.

»Also dann, machen wir uns an die Arbeit. Die Konkurrenz schläft nicht.«

Wir verlassen den Raum, Anita klammert sich an ihrem falschen Fendi-Täschchen fest. Ich schenke Anita, die beinahe meine Tochter sein könnte, mein warmherzigstes mitfühlendstes mütterlichstes Lächeln, aber Anita lächelt nicht zurück. Ich glaube fast, sie kann mich nicht leiden.

*

Am Abend mache ich es mir in meinem Arbeitszimmer gemütlich. Warmes Licht fällt auf vollgestopfte Buchregale und das durchgesessene Sofa, aus den Stereoboxen fließt die samtene Stimme der Callas: »L'amour est un oiseau rebelle …«, die Liebe ist ein widerspenstiger Vogel, die Auftrittsarie der Carmen. Im hochstieligen Glas schaukelt sachte mein bester Bordeaux.

Auf den Fußbodendielen liegen Straßenkarten ausgebreitet, Mombasa und Nairobi, die kenianischen Naturparks. Ich habe sie erst heute Nachmittag in meiner Stammbuchhandlung erstanden, dazu ein kleines Wörterbuch für Kisuaheli.

Nguo zinaweza kufuliwa wapi? Wo ist die nächste Wäscherei? Usukutue kwa maji ya chumvi. Gurgeln Sie mit Salzwasser. Jambo. Guten Tag.

Kisuaheli macht Spaß, dabei bin ich alles andere als ein Sprachentalent. Daniel hat mich gerne mit seinem perfekten Portugiesisch gepestet, als Auslandskorrespondent hat er einst zwei glorreiche Jahre in Rio verbracht. Ein Jahr lang hat die heiße Affäre mit der Medizinstudentin Rosita gedauert, Daniel hat ihr selbstverständlich die Ehe versprochen, brasilianische Mädchen aus guter Familie legen Wert auf solche Formalitäten. Dann ist Daniel nach Hamburg zurückgekehrt, vorher hat er Rosita noch seine Adresse und Telefonnummer aufgeschrieben, völlig erfundene Angaben natürlich, die Arme hat ein halbes Jahr lang in der Redaktion angerufen, immer verzweifelter, aber die Kollegen haben dichtgehalten, alle hatten eine Menge Spaß.

Die Stimme der Callas ist verstummt, ich sitze mitten in meinen Straßenkarten auf dem Fußboden und denke an Daniel. Wahrscheinlich streichelt er gerade seiner Frau über den Bauch, auf dem Jugendstilsofa, in der Villa in Blankenese.

Ich gehe in die Küche und lasse Müsli mit Rosinen und Apfelspalten in eine Porzellanschale rieseln, gieße Milch darüber, rühre alles mit einem gehäuften Löffel Zucker um. Wenigstens einen fetten Müsliwurm möchte ich heute Abend morden.

9

Dem Himmel sei Dank, das Honeymoonhotel am Strand von Mombasa liegt hinter mir. Turtelnde Pärchen am Frühstücksbüffet, verschlungene Pärchen am Swimmingpool, ein Dickicht aus tiefen Blicken an der Strandbar. Vierzehn Tage zum Pauschalpreis, für Jungverheiratete gibt es einen Sonderrabatt. Zum Glück musste ich nur einen einzigen Tag in diesem Sündenpfuhl zubringen, mein Uganda-Train nach Nairobi fährt in einer Stunde ab.

Ich knie am Bahnhof von Mombasa und krame in meinem Gepäck, eingehüllt in schwarze Stimmen und Gerüche, umgeben von samtschwarzer Nacht. Ich habe ein mulmiges Gefühl in jedem Parkhaus meiner Heimatstadt, aber noch nie habe ich mich in der Fremde ängstlich oder unsicher gefühlt.

Ich knie auf dem Bahnsteig und krame in meinem Gepäck, ein Ritual, das ich vor jeder Abreise gewissenhaft abspule. Wo ist der Pass, wo die Zahnbürste, habe ich auch meinen Lieblingsschal dabei und nicht im Hotelzimmer vergessen?

Nackte schwarze Waden streichen in Augenhöhe vorbei, die knallbunten Stoffe der Frauengewänder streifen mein Gesicht. Plötzlich dringt ein Duft in meine Nasenflügel, das ist doch »Aramis«, das Männerduftwasser meiner Kindheit, hier in Afrika, nach all den Jahren?

Ich blicke hoch und sehe gerade noch ein Paar verwaschene Jeans über wildledernen Stiefeln im Gewühl verschwinden. Der Mann geht wie eine Katze.

Die Luft in dem engen Abteil riecht nach Staub und heißem Gummi. Aber die Laken für mein Bett sind frischgebügelt und beinahe kühl, fürs Zähneputzen steht eine kleine Karaffe mit Mineralwasser neben dem Waschbecken bereit. Ich lege meine Wange auf das Kopfpolster und schließe die Augen. Die Füllung knistert.

Draußen auf dem Korridor trappeln Füße, manche Reisende gehen barfuß, ihre nackten Sohlen klingen wie samtige Pfoten auf dem abgetretenen Belag. Der Zug fährt ruckend los und einzelne Stimmen auf dem Bahnsteig schwellen zu heiseren Abschiedsrufen an.

In großer Abendrobe betrete ich zwanzig Minuten später den Speisewaggon. Jeans und schwarzer Samtpullover, dazu die Steinkette, die mir Lotte nach einer Radtour durch Sizilien im August überreicht hat. Meine Füße stecken in geflochtenen Sandalen, meine Zehennägel sind mit »Wild Amber« lackiert. Nach reiflicher Überlegung habe ich mich für eine Duftmixtur aus »Chopard« und »Jil Sander Sun« entschieden, dieser Kontinent verlangt einfach nach starken Düften. Der Steward ringt bei meinem Anblick nach Luft, ich registriere es mit Genugtuung.

»Good evening, Madam. Please follow me.«

Er weist mir einen Platz an einem Tisch für zwei Personen zu, ich setze mich in Fahrtrichtung. Die Tischdecke ist blütenweiß, die Stoffservietten sind kunstvoll gefaltet, das Silberbesteck schimmert matt im Schein des rosafarbenen Lampenschirms. Draußen in der pechschwarzen Nacht befindet sich angeblich Ostafrika.

Es gibt Bouillon mit verquirltem Ei, anschließend ein Gemüseomelette. Als nächsten Gang entweder Fisch oder Steak mit Gemüse. Tollkühn entscheide ich mich für den Fisch und bestelle meinen zweiten Gin Tonic. Leider hat das Fischfilet doch ziemlich viele Gräten, diskret angle ich hinter der Stoffserviette nach einem besonders spitzen Exemplar zwischen meinen linken oberen Backenzähnen.

»Guten Abend. Ist hier noch frei?«

Eine Stimme wie Rauch überm Lagerfeuer, auf meinen Unterarmen stehen die Härchen kerzengerade, als ob ich mit dem kleinen Finger soeben in einen Stromkreis geraten wäre. Der Duft von »Aramis« steigt in meine Nasenflügel, ich starre auf wildlederne Stiefelspitzen und den Saum verwaschener Jeans. Die Jeans gehen in ein weißes Hemd mit perlmuttfarbenen Knöpfen über. Aus dem weißen Hemd wächst ein brauner Hals, auf dem braunen Hals sitzt ein Kinn mit einem Grübchen in der Mitte. Weiter hoch wage ich nicht zu blicken.

»Bitte sehr«, murmle ich mit einem Mund voller Gräten. Der Mann mit dem Grübchen am Kinn deutet eine millimetertiefe Verbeugung an und setzt sich in den grünledernen Armlehnsessel gegenüber. Ich fixiere den Salzstreuer vor meinem Teller und schlucke den Grätenbrei in meinem Mund, einfach so, Tod oder Leben, wer wagt, der gewinnt. Dann hebe ich meine Lider, ganz langsam und betörend, bei Lauren Bacall hat es jedenfalls immer so gewirkt.

Mein Gegenüber hat graue Augen mit grünen Sprenkeln darin und einen Mund, der fast ein bisschen zu schön geformt ist für einen Mann. Die Wangen sind einladend glattrasiert, um die Augen zaubert sein Lächeln gerade ein Dutzend haarfeiner Fältchen. Aber das Beste an ihm ist sein Haarschopf, dicht und glatt und tiefschwarz, ungebärdig wie eine Lausbubenfrisur.

Er heißt übrigens Jonas, ist Schweizer und arbeitet für die UNICEF. Jonas fährt nach Nairobi, um an einer Konferenz über Säuglingssterblichkeit teilzunehmen. Er soll ein Referat über die mäßige Zweckmäßigkeit von Babynahrung halten, die von wohltätigen Organisationen nach Schwarzafrika verfrachtet und dort mit verschmutztem Wasser angerührt wird. Jonas redet über Durchfall bei Kleinkindern wie eine erfahrene Säuglingsschwester. Dazu streicht er sich mit schlanken Fingern die Haare aus dem Gesicht, eine Geste, die sich ständig wiederholt.

Ich starre dieses Weltwunder an und denke, dass ich gleich aufwachen werde. Im »Solo Fino«, wohin sich außer den schwulen Kellnern kein einziger Mann mehr verirrt und nur schwarzgekleidete Frauen im Insalata al tonno herumstochern. Aber der Traum hält an, er sitzt mir gegenüber und streicht sich seinen vorwitzigen Haarschopf aus dem Gesicht. In einer Rechtskurve beginnen die Gläser am Tisch bedenklich zu wackeln, wir greifen danach und eine Zehntelsekunde berühren sich unsere Fingerkuppen. Jonas lächelt mich an. Der junge Anthony Perkins hätte ihn gut doubeln können.

Samburu. Voi. Kenani. Wir rasen dahin, auf diesem nachtschwarzen Kontinent, auf dem die Menschen doch angeblich hungern, während wir soeben beim Dessert angelangt sind, frischem Obst oder Creme caramel, beides wird mit Grandezza serviert. Ich löffle sittsam meinen glitschigen Pudding, Jonas saugt an einer Spalte frischer Ananas.

»Und was führt Sie nach Nairobi?«

Ich seufze anmutig und blicke gedankenvoll in die pechschwarze Finsternis hinaus.

»Ich bin Journalistin und recherchiere gerade eine Geschichte über den Uganda-Train. Reisen wie in der guten alten Kolonialzeit, so ungefähr …«

Das klingt ja schauerlich banal, vor allem im Vergleich zu Jonas' durchfallgebeutelten Kleinkindern. Aber mein wundervolles Gegenüber wirkt kein bisschen amüsiert, ganz im Gegenteil, der schwarze Haarschopf beugt sich interessiert über den Tisch, in meine Richtung.

»Das klingt ja richtig aufregend, Ihr Job. Arbeiten Sie frei oder für ein bestimmtes Magazin?«

»Ich schreibe für ›Marilyn‹, die Frauenillustrierte.« Vorsorglich recke ich zu diesen Worten mein Kinn in die Höhe, schließlich ist mir das dumme Grinsen wohlbekannt, das nach dieser Offenbarung stets auf den Gesichtern männlicher Gesprächspartner erscheint. Aber dieser Jonas fällt einfach gänzlich aus jedem Raster. Jetzt zum Beispiel strahlt er mich begeistert an.

»Für ›Marilyn‹ schreiben Sie? Das finde ich einfach toll. Ich lese sehr gerne die englische Ausgabe.«

Hilfe, gleich verliere ich die Besinnung. Der Steward eilt herbei und blickt mich fragend an, ich bestelle vorsorglich einen weiteren Gin Tonic.

»Alles in Ordnung? Fühlen Sie sich nicht ganz wohl?« Jonas klingt ein wenig besorgt. Ich schüttle meinen Kopf, auf dass sich mein Haar zu möglichst duftigen Löckchen kringeln möge.

»Danke, alles bestens. Es waren nur die letzten Tage ein wenig anstrengend.«

Jonas lächelt und zeigt schneeweiße spitze Zähne, die ein klein wenig nach innen gekippt sind, ich beneide jedes Schnitzel, das er damit schon zerkleinert hat.

»Was halten Sie davon, wenn wir uns in Nairobi auf einen Drink treffen? Ich wohne im Norfolk Hotel.«

»Oh, das wäre nett. Ich habe zwar jede Menge Termine, aber es müsste möglich sein.«

Mein allerwichtigster Termin in Nairobi ist das Nachlackieren meiner Zehennägel, aber das verschweige ich Jonas taktvoll.

Wir strahlen uns an, satt und zufrieden, müde und ein bisschen betrunken. Ich glaube, ich gehe jetzt besser. Wir erheben uns beide, und Jonas deutet wieder diese Verbeugung an, sehr höflich, nicht zu tief, einfach perfekt. Ich rausche aus dem Restaurantwaggon, eine siegreiche Königin der Nacht, wenn Lotte mich nur bloß sehen könnte.

Am nächsten Morgen ist draußen vor dem Fenster ganz entschieden Ostafrika. Eine ockergraue Steppenlandschaft verschmilzt am Horizont mit einem bleifarbenen Himmel, dornig und menschenleer. Ich fühle das Rotieren der Räder an meinem Rückgrat und kuschle mich noch einmal unter die Laken. Dreiviertel sieben. Ob Jonas wohl Frühaufsteher ist?

Der Duft von scharfgeröstetem Weißbrot dringt bis in mein Abteil und lockt mich endgültig aus dem Bett. Ich klatsche kaltes Wasser in mein Gesicht und tauche meine Zahnbürste in die gläserne Karaffe neben dem Becken. Auf dem Gang vor meinem Abteil liegen schlafende Frauen und Kinder, vorsichtig steige ich über ihre Körper.

Im Restaurantwaggon liegen frische Tücher über die Tische gebreitet, der Steward empfängt mich mit einem verschwörerischen Lächeln.

»Good morning, Madam. Please follow me.«

Er serviert mir Kaffee, Toast, Butter und Marmelade, der Zucker in der Silberdose hat sich zu feuchten Klümpchen zusammengeballt. Jonas lässt sich nicht blicken.

*

Das »Norfolk« ist das berühmteste Hotel Ostafrikas. Hier sitzen sie, die Weitgereisten und Geschäftstüchtigen, die Coolen und Lässigen. In Khaki und Wildleder, leise klirren die Eiswürfel im Glas, weniger leise perlt das Gelächter der Damen.

Am schattigen Ende der Veranda hat sich soeben Jonas aus seinem Rattanfauteuil erhoben und winkt mir zu, er ist so attraktiv, dass mein Mund plötzlich voller Speichel ist. Ein altes Leiden: Wenn ich aufgeregt bin, produziere ich beim Sprechen Spuckeblasen wie eine Comicfigur.

»Hallo«, strahle ich Jonas an und vermeide tunlichst Wörter mit »b«.

»Jambo«, strahlt Jonas zurück.

Jetzt ist Flora nicht mehr zu halten, wozu hat sie einen Abend lang Suaheli gebüffelt.

»Jambo. Habari gani? Karibu«, blubbere ich zurück, was soviel heißt wie »Hallo, wie geht's, herzlich willkommen«. Ein Spucketröpfchen versickert auf Jonas' Schulter, kaum der Rede wert, weltgewandt lasse ich mich auf ein Rattanbänkchen sinken.

Jonas bestellt Gin Tonic, wir mustern uns gegenseitig, vorsichtig und wohlwollend. Jonas streicht sich die Haare aus dem Gesicht.

»Wie geht's der Story?«

»Danke gut. Gestern habe ich mich den ganzen Tag am Bahnhof von Nairobi herumgetrieben und Züge beobachtet. Hoffentlich schickt die Redaktion einen Fotografen, der sich Mühe gibt. Die Atmosphäre ist einfach phantastisch. Nur schade, dass man die Gerüche nicht einfangen kann.«

Nanu, seit wann quassele ich denn einfach so drauflos? Höchste Zeit, eine höfliche Gegenfrage zu stellen.

»Und, wie war Ihr Referat?«

»Danke, alles ist bestens gelaufen. Ich habe sogar das Gefühl gehabt, dass sich ein paar Leute im Publikum ehrlich für das Thema interessieren. In zwei Wochen soll ich in Genf mit Managern aus der Nahrungsmittelindustrie konferieren. Vielleicht kommt ja doch ein wenig Bewegung in die Wohltätigkeitsbranche.«

Jonas streicht sich das Haar zurück, er wirkt so frisch und sauber, ich fühle, wie ich zu schwitzen beginne. Über uns hängt eine Kuppel aus »Passion« und »Aramis«, ein Stechmückenschwarm entflieht torkelnd.

»Hätten Sie Lust, mit mir zur Farm von Karen Blixen zu fahren?«

Beinahe beginne ich auf dem Polster zu hopsen. Ich hatte eine Farm in Afrika, am Fuß der Ngongberge, Meryl Streep und Robert Redford, Flora und Jonas. Ja, furchtbar gerne!

»Ja, das ist eine nette Idee. Glücklicherweise habe ich heute Nachmittag keine Termine mehr.«

Huldvoll strahle ich Jonas an.

Jonas bezahlt, und ich schenke mir die Nummer mit der getrennten Rechnung. Einen Gin Tonic darf man sich auch als ehrbares Mädchen spendieren lassen.

Vor dem »Norfolk« stehen alte englische Taxis aufgefädelt, schwarzglänzend, mit knarzendem Leder gepolstert. Der Fahrer schiebt sich seine Baseballmütze in den Nacken und steigt aufs Gaspedal, dass es Jonas und mich in die Sitze drückt wie bei einem Raketenstart.

Draußen fliegt die Stadt vorbei, sandige weite Plätze mit staubigen Hecken, breite Straßen, gesäumt von ockergelben Hochhäusern, dazwischen Bretterhütten und Marktbuden. Dann werden die Grüntupfer häufiger, üppig wuchernde Gärten säumen unsere rasende Fahrt, wir haben bereits Karen erreicht, den Nobelvorort Nairobis, der nach seiner berühmtesten einstigen Bewohnerin benannt ist. Vor der Blixen-Farm deutet nur ein verlassener Touristenbus darauf hin, dass hier eine Sehenswürdigkeit zu besichtigen ist. Ich bezahle die Eintrittskarten und bekomme zwei zitronengelbe Tickets, die der schläfrige Wächter würdevoll abstempelt.

Die spiegelblanken Dielenbretter knarren bei jedem Schritt, es riecht nach Desinfektionsmittel und exotischen Blüten, nach Hitze und Staub. Als ich mich umdrehe, sehe ich Jonas knapp hinter mir, er bewegt sich geschmeidig wie eine Katze.

So streichen wir durch dieses Haus und seine kühlen schattigen Räume. Das holzgetäfelte Speisezimmer, im kalten Kamin steht ein tönerner Krug mit Palmblättern. Der Salon, über das Parkett liegt ein staubiges Fell gebreitet, mit offenem Rachen glotzt der Löwenkopf auf die Bücherwände ringsum.

Hier sind sie also gesessen, Karen Blixen und ihr Liebhaber Denys Finch-Hatton, haben dem Grammophon gelauscht und sich Geschichten erzählt. Plötzlich fällt mir Daniel ein, ich habe seit Tagen kaum mehr an ihn gedacht. Habe ich ihm je eine Geschichte erzählt?

Durch einen kleinen Gang kommt man ins Badezimmer, es ähnelt mehr einer Kajüte auf einem alten Dampfer, mit dem holzverschalten Waschbecken und Klo, die eiserne Badewanne sieht nur mäßig einladend aus. Alles ist blitzblank und sauber, kein Stäubchen und Döschen weist mehr auf die ehemaligen Bewohner hin. Ob Karen Blixen wohl eine gute Feuchtigkeitscreme verwendet hat? Was hat man sich in den dreißiger Jahren eigentlich ins Gesicht geschmiert? Ich beschließe, Romy danach zu fragen.

Dann stehen wir im Schlafzimmer von Karen Blixen, Jonas ganz dicht neben mir. Statt ihm nun tief in die Augen zu blicken, fühle ich mich einfach unbehaglich. Irgendwie kann ich solche Momente nie richtig auskosten. Vielleicht liegt es aber auch nur an der Atmosphäre dieses Raumes.

Er sieht aus wie ein Jungmädchenzimmer, weiße Schleiflackmöbel und gerüschte Blümchenstoffbezüge, das Bett ungemütlich schmal. Darin war bestenfalls Platz für die Missionarsstellung.

Ein klein wenig enttäuscht, selbstverständlich unausgesprochen, verlassen wir das berühmte Liebesnest. Beim

Hinausgehen fällt mir Jonas' Blick auf, nachdenklich betrachtet er das Löwenfell im Salon. Dann sieht er mich an, und ich muss lachen. Jonas wird rot. Ertappt, mein Lieber, ertappt.

Im Garten hinter dem Haus rasen Eidechsen über die Baumstämme, so schnell wie grünschimmernde Schatten. Junge Frauen in bunten Baumwollkleidern gehen barfuß über den Rasen, verschwinden hinter einer blühenden Hecke, ihr Lachen wird vom Vogelgezwitscher verschluckt. Dann stehen Jonas und ich für einen Moment ganz alleine da und lauschen konzentriert dem Rasensprenger. Dann nimmt mich Jonas in die Arme und drückt mich sanft an sich, kein Kuss, kein Grapschen, einfach so. Ich drücke mein Gesicht an sein Hemd, meine Nase passt genau unter seinen Adamsapfel.

Ich könnte so stehen, bis ich alt und grau bin. Aber ich bin nun einmal Flora, die Vernünftige, Flora-alles-im-Griff. Ich trete einen kurzen Schritt zurück, und Jonas muss mich freigeben. Ich streiche mit beiden Händen die verschwitzten Locken aus meinem Gesicht und hebe sie kurz von meinem Nacken weg. Jonas sieht mir dabei zu, ich habe das undeutliche Gefühl, dass er ein klein wenig verärgert ist.

Dann gehen wir zum Haus zurück, an dem schläfrigen Wächter vorbei, auf die Straße hinaus.

*

An der Rezeption meines Hotels drängen sich die Touristen, heute Abend gibt es eine original »African Night« zum Dinner, die besten Tische sind bereits ausgebucht.

Ich drücke mich an ihnen vorbei und steige geknickt in den Aufzug. Jonas hat sich sehr höflich vor dem Hotel verabschiedet, dann ist er im Taxi in der Dämmerung verschwunden. Flora, dieser Katzenjammer geht ganz entschieden auf dein Konto.

In meinem Zimmer im achten Stock hat schon wieder der nämliche Architekt gewütet, der mich offenbar rund um den Globus verfolgt. Diesmal hängen die Bilder ungefähr in Höhe meiner Brustwarzen, das Spinatgrün der Bettdecke schließt kantenscharf an das Erbsengrün des Teppichbodens an. Ich ziehe die tannengrünen Brokatvorhänge zu und lasse mich in den lauchgrün gepolsterten Sessel vor dem Schreibtisch fallen. In diesem Zimmer überlebst du nur mit geschlossenen Augen. So sitze ich da und lausche dem Klappern der Klimaanlage. Irgendwann tappe ich zur Minibar und entkorke ein Fläschchen südafrikanischen Weißwein. Er schimmert grünlich im Glas, aber ich habe beschlossen, dass Grün meine neue Lieblingsfarbe ist. Ade, du Dunkelblau, adieu, du Anthrazit, in Grün will ich fortan schwelgen.

Das Telefon läutet, ich hebe mit neuem Schwung ab. »Green forever.«

Jonas klingt einigermaßen verdutzt.

»Flora, bist du das?«

Ich bin schlagartig ernüchtert.

»Ja doch, nur ein kleiner Scherz, ein bisschen überdreht …«

Der Hörer knackt in meiner Faust, so fest halte ich ihn umklammert.

Aber auch Jonas klingt ein wenig unsicher. »Entschuldige, dass ich dich noch einmal störe. Aber ich wollte dich fragen, wie lange du eigentlich in Kenia bleibst?«

»Ich fahre übermorgen Abend zurück nach Mombasa. Früher war einfach kein Flieger nach Frankfurt zu bekommen.«

»Hmmmh …«

Wir warten beide ab, im Hintergrund scheppert die Klimaanlage.

»Hättest du Lust, mit mir einen Kurztrip in den Nationalpark von Amboseli zu machen? Ich bin noch bis zum Wochenende hier und muss einfach raus aus der Stadt. Wir könnten uns einen Geländewagen mieten und in Richtung Kilimandscharo fahren ... Flora, bist du noch dran?«

Ich halte den Telefonhörer ganz zart, wie eine Mutter ihr frischgebadetes Baby.

»Ja, ich bin noch dran. Was für eine himmlische Idee, Jonas, was für ein wunderbarer Vorschlag.«

»Dann freue ich mich auch. Flora, ich hole dich morgen früh um neun vor dem Haupteingang ab. Abgemacht?«

»Abgemacht.«

Und dann legen wir beide auf, schnell, bevor wir noch irgendwelchen Unsinn reden können.

Das Frühstücksbüffet ist höchst appetitlich und sehr kontinental, nur die üppigen Blütenarrangements und die schwarzen Kellner in den weißen Livrees sorgen für eine Prise Exotik. Ich häufe mir eine Schüssel mit Obstsalat voll und entsage tapfer den Eiern mit Speck und den ofenwarmen Croissants. Schließlich habe ich mich in meine neueste Lieblingsfarbe gehüllt, ein apfelgrünes T-Shirt über hautengen Jeans, allerdings darf ich mich darin nur von kleinen Häppchen ernähren, sonst platzt die Schale.

Vorsichtig bücke ich mich nach meiner Reisetasche und angle nach dem Taschenspiegel, wohl zum hundertsten Mal an diesem Morgen. Was packt die Dame von Welt für eine vermutliche Liebesnacht im afrikanischen Busch? Wenn ich an »Schnee am Kilimandscharo« denke, dann fällt mir bloß Gregory Peck ein, betörend verschwitzt vom Wundfieber auf seiner Liege. Aber soweit wird es ja hoffentlich nicht kommen heute Nacht. Hektisch wühle ich in meiner uralten dunkelbraunen Ledertasche, die aussieht wie ein Hebammenkoffer, und mich schon von Trondheim bis Honolulu begleitet hat. Feuchtigkeitscreme und Abschminkpads, drei Parfumflacons, Slips zum Wechseln, ein warmer Pullover, Socken und Pflaster, Taschentücher und Kaugummi.

Kein Kondom. Ein halbes Dutzend Reportagen zum Thema »Frauen und Aids« hat die liebe Flora schon verfasst, aber noch immer hegt sie eine unüberwindliche Antipathie gegen die Gummidäumlinge. Ganz schön blöd, die Frau.

Der Wagenmeister reißt das Glasportal auf und ich stehe in der gleißenden Morgensonne. Auf der gegenüberliegenden Straßenseite parkt ein sandfarbener Range Rover. Ein gebräunter Ellbogen lehnt lässig aus dem Fahrerfenster, jetzt fährt sich der dazugehörige Mann mit allen Fingern der linken Hand durchs Haar. Ganz langsam gehe ich auf ihn zu. Ich habe gar nicht gewusst, über welch phantastische Selbstbeherrschung ich verfüge.

*

Die Straße kriecht wie eine staubige Schlange in Richtung Horizont, die Schlaglöcher sind so tief wie Bidets. Aber Jonas lenkt den Rover lässig mit einer Hand, mit der anderen hält er ein blumenstengeldünnes Zigarillo. Meine Sitzfläche fühlt sich völlig taub an, vermutlich sind sämtliche Nervenenden bereits vor Stunden abgestorben. Ich schiebe mir einen Kaugummi mit Orangengeschmack zwischen die Lippen, es knirscht sandig auf meinen Zähnen.

Längst haben wir uns an die Tierherden gewöhnt, die vorbeiziehen. Büffel und Gnus zum Streicheln nah, Elefantenfamilien in weiter Ferne, Giraffen, die an dornigen Bäumen knabbern.

Jonas neben mir sieht aus, als ob er einer Dynastie von

Großwildjägern entsprungen wäre. Frisch und gelassen, dem tut sicher nicht der Hintern weh. Jetzt schnippt er gerade den Zigarillostummel in eine zerbeulte Konservendose zu unseren Füßen, der Aschenbecher quillt längst über, und deutet nach vorne. Ein riesiges Portal aus roh behauenen Stämmen taucht vor uns auf, dahinter liegt ein Halbkreis von dunkelgrünen Zelten rund um ein klobiges Holzhaus.

Ich bin ein bisschen enttäuscht. So stelle ich mir das Heimatdorf von Asterix und Obelix vor, aber nicht eine einsame Lodge im Busch von Kenia.

Wir fahren durch das Tor und halten vor dem Haupthaus an. Steifbeinig klettere ich aus dem Rover, sofort stürzt ein Mann unbestimmbaren Alters in Khakilivree auf mich zu und beginnt, mich mit einem Frotteelappen abzustauben. Erschrocken weiche ich zurück, aber er lässt sich nicht abschütteln. So muss sich ein unschuldiges Insekt fühlen, das von einer Fliegenklatsche verfolgt wird. Endlich wird mein Peiniger auf Jonas aufmerksam, ich fliehe an die Rezeption.

»Jambo Madam, haben Sie eine Reservierung?«

Jonas ist hinter mir aufgetaucht, ich kann ihn schnuppern, und schiebt lässig einen blassgrünen Schein über das Pult. Eine Reservierung für zwei Zimmer, für eine Nacht.

Schweigend tragen wir unsere Personalien in ein Buch ein, dessen Blätter von Feuchtigkeit gewellt sind, schweigend folgen wir dem Zwillingsbruder von Fliegenklappe, der unsere federleichten Reisetaschen voranträgt.

Mein Zimmer hat einen Fußboden aus dunkelgrünen Mosaiksteinen und ein Moskitonetz über dem Bett. Jonas ist mit unserem Begleiter nach nebenan verschwunden, ein Schlüssel dreht sich im Schloss. Ich öffne die Schubladen und Kastentüren, Tau aus scharfen Reinigungsmitteln und Insektenspray liegt auf allen Flächen.

Die einzige Tür führt wohl zum Badezimmer. Ich öffne

sie – und stehe vor Jonas. Wir blicken uns ein klein wenig betreten an. Ein gemeinsames Badezimmer, nun denn …

»Möchtest du zuerst unter die Dusche?«

»Oh nein, geh ruhig du, ich packe erst aus.«

»Neinein, geh du zuerst, das macht mir gar nichts aus.«

Das kann ja heiter werden. Erotisch, knisternd, prickelnd. Statt wohlig in einem duftigen Schaumbad zu schwelgen, mit einer Feuchtigkeitsmaske auf dem Gesicht, werde ich mich wohl besser mit einer sportlichen Dusche plus anschließendem Blitzstyling begnügen. Schließlich soll Jonas glauben, dass er es mit einer kochechten Naturschönheit zu tun hat.

Leicht verbittert steige ich unter die Brause, die Haare am Hinterkopf zusammengeknödelt. Eine Duschhaube verkneife ich mir lieber. Womöglich hat Jonas vor, mich mit einem seifigen Überraschungsangriff zu erobern, und welche Frau möchte dann schon mit rosa Plastik auf dem Kopf herumstehen?

Aber nichts passiert, in sittlich tadellosem Zustand beende ich meine Waschungen, allerdings sieht meine Haarmähne aus wie ein feuchter Mopp. Ich bürste sie kopfüber und sprühe eine Überdosis »Opium« in meinen Nacken. Noch ein Hauch Rouge, ein wenig Lipgloss, zwei Bürstenstriche Mascara. Das sollte genügen, schließlich befinden wir uns mitten in der Wildnis. Penibel trockne ich das Waschbecken ab und fische nach seifigen Haaren in der Badewanne.

»Jonas, das Bad ist frei.«

In meinem Zimmer räume ich Wäsche und Pullover in die oberste Kommodenlade, arrangiere das Moskitonetz in duftigen Wolken rund ums Bett. Hier wird es also passieren, in wenigen Stunden schon, ich fröstle plötzlich vor Spannung, dabei ist es drückend schwül im Raum.

Aus dem Badezimmer dringt das Rauschen der Dusche, dann das Gurgeln der Toilettenspülung. Dann ist es still. Ich setze mich aufs Bett und warte. Hoffentlich lässt sich Jonas mit meiner Eroberung noch ein wenig Zeit, ich habe Hunger wie eine Löwin.

Es klopft an der Zimmertür, und Jonas steht draußen. Frisch und glattrasiert, sein Haarschopf fällt ihm wie eine schwarze Gewitterwolke über die Stirn.

»Flora, bist du soweit?«

Die Luft riecht nach Blüten und dem Atem wilder Tiere, die Sterne scheinen so nah wie Lampions bei einem Gartenfest. Wir gehen einfach den Stimmen und dem Gelächter nach, den Geräuschen von Besteckklappern und Gläserklirren.

Die Tische des Restaurants sind auf der offenen Veranda rund ums Haupthaus aufgebaut, ein meterlanges Büffet schirmt die Lichteroase gegen die afrikanische Nacht ab. Schwarze Köche in maßgeschneiderten Stammestrachten stemmen vor jedem Gast die schweren silbernen Deckel über riesigen Schüsseln und Pfannen in die Höhe, es dampft und brodelt. Salate und Suppen, Steaks und Gemüse, für die ganz Mutigen ein Ragout aus Büffelfleisch.

»Jambo Bwana, habari gani?«

Fliegenklappe, vielleicht ist es aber auch sein Zwillingsbruder, weist uns einen Tisch am äußersten Rand der Veranda an, eine Kerze flackert zwischen den Gläsern, die Stoffservietten sind zu schwanähnlichen Gebilden gefaltet. Eigentlich sollte ich mich schon längst über diesen Vergnügungspark mitten im Busch mokieren, ein giftiges Bonmot à la Flora zum Gin Tonic reichen, aber ich bin einfach unglaublich milde gestimmt heute Abend. Diese lieben Menschen, dieses wundervolle Land, diese vollen Fleischtöpfe. Die Welt, so scheint's, befindet sich auf dem Weg der Genesung.

Nur das Büffelfleisch ist etwas zäh, meine Backenzähne schmerzen schon vom Kauen. Diskret häufe ich Gemüsereis über die fasrigen Brocken auf meinem Teller und wende mich statt dessen der Limonenscheibe aus dem zweiten Gin Tonic zu.

Jonas und Flora verknäueln sich in einem tiefen Blick, werden aber von Fliegenklappe wieder entwirrt.

»Another Gin Tonic, Sir. Another Gin Tonic, Madam?«

So what. Heute ist sie angebrochen, die Nacht der Nächte, ich kann es von meiner Kopfhaut bis zu den Fußsohlen prickeln spüren. Cheers, Daniel. Wenn du mich nicht für eine Jugendstilsitzgruppe verlassen hättest, dann würde ich heute Abend nicht diesem hinreißenden Mann gegenübersitzen.

»Cheers.«

Ich proste Jonas zu und bin ganz sicher unglaublich schön in diesem Augenblick, das spüre ich einfach.

Jonas prostet zurück, die Ränder unserer Gläser klirren aneinander, elektromagnetische Wellen breiten sich rund um meinen Nabel aus.

»Lebst du alleine?«

Ich verschlucke mich beinahe, der Gin brennt in meiner Kehle. Die Frage kam denn doch etwas direkt.

»Ähhmm, nun ja, eigentlich schon, ja doch, kann man so sagen.«

Ob sich Männer auch so ertappt fühlen, wenn sie ihre vielbeneidete schicke Singleexistenz zugeben müssen?

Jonas sieht mich an, grinst kein bisschen, und fast habe ich das Gefühl, als ob er mich verstehen würde.

»Ja, mir geht es ähnlich. Vor einem Jahr ist eine langjährige Beziehung in die Brüche gegangen, und seither lebe ich alleine. Ich habe mich noch immer nicht ganz daran gewöhnt.«

Keine Ehefrau, keine Verlobte, keine Dauerfreundin, womöglich keine Kinder, wer hätte das gedacht, bei solch einem Prachtexemplar. Erst nach ein paar freudigen Schrecksekunden komme ich auf die Idee, meinen offenen Mund wieder zu schließen.

»Ich kenne das. Ich habe erst vor drei Monaten meinen Freund verlassen.«

Stimmt vielleicht nicht bis ins kleinste Detail, aber so genau muss es Jonas schließlich nicht erfahren.

Die Kerze flackert in den letzten Zügen, Dunkelheit breitet sich über unseren Tisch. Jonas streichelt über meinen Handrücken, ganz zart, ich muss hinblicken, um mich der Berührung zu vergewissern. Wie auf ein geheimes Zauberwort hin erscheint Fliegenklappe und legt eine handgeschriebene Rechnung ins Niemandsland zwischen unsere Teller. Jonas unterschreibt und legt einen Geldschein in das gefaltete Papier.

Wir stehen auf und schweben über die hölzernen Dielenbretter der Veranda, Jonas voran, dann ich, dann Fliegenklappe. Irgendwann bleibt Fliegenklappe diskret hüstelnd zurück, und nur noch Jonas und ich gehen über den feuchten Rasen auf die Silhouette der Hütten zu, Jonas hat seinen Arm schräg über meinen Rücken bis hinab zu meiner Hüfte gelegt. Vor meinem Zimmer nehme ich den Schlüssel aus meiner Handtasche und drehe mich zu Jonas um. Jonas lächelt, er legt seine Hände auf meine Schulterblätter und küsst mich auf den Mund, flüchtig, aber es schmeckt nach mehr.

»Gute Nacht, Flora.«

Dann geht er die paar Schritte zu seinem Zimmer, lautlos wie eine Katze.

Ich schließe die Tür hinter mir und lasse mich aufs Bett fallen. Wie diskret und verständnisvoll dieser Mann doch ist.

Jetzt gibt er mir also noch ein wenig Zeit, um mich frisch zu machen. Ich gehe ins Badezimmer, ein wenig schwankend, drei Limonenscheiben und drei Gin Tonic waren mein ganzes Abendessen. Ich steige aus Jeans und Shirt, lasse achtlos meine Wäsche auf den Kachelboden fallen. Lauwarmes Wasser rinnt über meinen Rücken und meine Schenkel, die Luftfeuchtigkeit kräuselt meine Haare zu einem rotbraunen Dickicht. Ich greife nach dem gläsernen Frauentorso und sprühe eine perfekt dosierte Fontäne »Gaultier« über meine Schultern. Dann sammle ich meine Kleider auf und gehe nackt in mein Zimmer zurück, die Tür lasse ich bloß angelehnt.

Ich schlüpfe unter das Moskitonetz. Im Mondlicht funkeln seine feingewebten Maschen wie ein silberner Sprühregen über meinem Kopf.

Im Raum nebenan rauscht Wasser. Dann fällt eine Tür zu, und es wird wieder still.

Ich liege da und höre einem Insekt zu, das zu mir will, aber immer nur gegen das Netz prallt. Irgendwann wird das Summen verzweifelt, mein kleiner Blutsauger hat sich offenbar hoffnungslos verfangen. Wenn Jonas kommt, werde ich kurz das Licht anknipsen und mein Insekt befreien.

Aber Jonas kommt nicht. Ich setze mich wieder auf und lausche. Vielleicht traut er sich ganz einfach nicht … Oder aber er wird doch nicht eingeschlafen sein …

Ich wurstle mich aus meinem kunstvoll drapierten Moskitonetz und tappe mit nackten Füßen zur Badezimmertür. Sie ist ja nur angelehnt, vorsichtig stoße ich sie auf und schleiche weiter.

Nichts. Kein Geräusch ist zu vernehmen. Kein Atmen, kein Schnarchen, kein verzweifeltes Jammern, weil Jonas in seiner Kindheit eine schwere Unterleibsverletzung davongetragen hat, von der er mir nichts zu sagen wagt. Einfach nichts. Ich schleiche wieder zurück, auf eiskalten Fußsohlen.

In meinem Zimmer empfängt mich ein vertrautes Summen. Mein kleiner Freund, das Insekt, klingt ziemlich verzweifelt. Ich schwenke das Moskitonetz ein paarmal kräftig durch die Luft, dann bette ich mich griesgrämig zur Ruhe. Es riecht nach »Gaultier« und Chlorreiniger, ganz nah an meinem Gesicht höre ich ein bereits vertrautes Geräusch. Wenigstens die Stechmücke will zu mir.

10

»Und?« sagt Lotte und lässt die Gabel sinken. Die Morchel rutscht wieder zurück in die Rahmsauce, auf ein appetitliches Fettuccinigebirge.

»Was und? Nichts und«, sage ich verbittert und zersäble mein Kalbsschnitzel mit Lorbeerblatt, ein Lieblingsgericht von mir, normalerweise. Heute schmeckt es allerdings ziemlich zäh, wer weiß, vielleicht kredenzt man uns im »Solo Fino« schon die längste Zeit Büffelfleisch, aber mit uns alleinstehenden Frauen kann man sich ja alles erlauben.

»Nichts und. Am nächsten Morgen war ich völlig zerstochen und habe ausgesehen wie mit Windpocken infiziert. Pusteln im Gesicht und eine Triefnase von diesen verdammten Desinfektionsmitteln, mit denen sie dort jeden Lappen tränken. Ich war vielleicht in Stimmung.«

»Und dein göttlicher Jonas, wie war der drauf?«

Lotte hat sich Rahmsauce auf ihre cremefarbene Möchtegernjilsanderbluse gekleckert, hoffentlich geht der Fleck nicht raus. Heute Abend wünsche ich niemandem was Gutes, nicht einmal Lotte.

»Ach, bestens. Beim Frühstück hat er so getan, als ob es nie auch nur im geringsten zwischen uns geknistert hätte. Ganz auf unbefangen und Kumpel. Ich hätte ihn erwürgen können.«

»Na, wenigstens hast du dir nichts vergeben. Stell dir vor, du hättest womöglich an seiner Tür geklopft und dir eine Abfuhr eingehandelt. Einfach entsetzlich.«

»Was ist einfach entsetzlich?«

Auch das noch. Ich habe gar nicht bemerkt, dass sich die neugierige Franziska von hinten an unseren Tisch herangepirscht hat. Jetzt stehen ihr alle mausgrauen Haare zu Berge vor freudiger Erregung.

»Was ist einfach entsetzlich? Nun sagt schon.«

Ich zermalme das Lorbeerblatt.

»Nichts. Nichts Wichtiges.«

Diskretion ist für die liebe Lotte offenbar ein Fremdwort in Suaheli, sie platzt förmlich vor Mitteilungsdrang.

»Ein gewisser Jonas hat unsere Flora heißgemacht und dann kalt abstürzen lassen. Hoffentlich passiert mir nie so etwas, du lieber Himmel, ich würde einfach tot umfallen.«

Lotte schüttelt sich, als ob ihr eine Kakerlake unter die Bluse gekrochen wäre, ich werde diese Freundschaft bei Gelegenheit überdenken müssen. Wenigstens reagiert die nicht unsympathische Franziska viel gelassener als befürchtet.

»Ach so. Corinna passiert das seit neuestem ständig. Die Arme ist schon total gefrustet. Erst neulich hat sie es mit diesem Graphiker aus ihrem Büro im Taxi praktisch schon getrieben, aber an ihrer Haustür hat er sich dann ganz höflich verabschiedet und ist weitergefahren. Man glaubt es nicht.«

»Tja, die Männer sind eben doch nicht ganz so unsensibel, wie gewisse Druckerzeugnisse uns das jahrelang weismachen wollten.«

Lotte blickt betont an mir vorbei, sie meint das natürlich nicht persönlich.

»Jahrelang haben wir sie attackiert, und jetzt kriegen wir die Rechnung präsentiert. Erst neulich haben wir uns im Lehrerzimmer darüber unterhalten.«

Jetzt reicht's mir aber.

»Jetzt reicht's mir aber. Jahrelang habt ihr jedem Heft

entgegengefiebert und gar nicht genug von unseren Tipps bekommen können, und jetzt sollen wir auf einmal schuld daran sein, wenn ihr keinen abgekriegt habt. Das darf doch nicht wahr sein.«

Ein tiefempfundenes warmes Gefühl der Solidarität mit meiner Redaktion steigt in mir hoch, selbst Principessa ist davon betroffen.

»Ach, und wie viele Singles gibt es in eurer Redaktion, bitteschön? Nur so als kleine Zwischenfrage.«

Lotte gerät in Fahrt, an den Nebentischen werden die Damenrunden auf uns aufmerksam.

»Ich weiß nicht, was diese seltsame Frage soll.«

»Das kann ich dir erklären. Über zwei Drittel von euch leben alleine, der Rest in irgendwelchen obskuren neurotischen Beziehungen, das hast du mir selbst erzählt. Nur frage ich mich dann, warum ihr eure Leserinnen in jedem Heft mit diesen ewig gleichen Sexgeschichten traktiert. Das ist doch total an der Realität vorbei.«

Lotte blickt in die Runde und quittiert das allgemeine Nicken und zustimmende Gemurmel wie eine alternde Diva den letzten Vorhang. Eine Mittdreißigerin ganz in Schwarz, ihre verspiegelte Sonnenbrille ist mir von Vernissagen her wohlbekannt, mischt sich ein.

»Ich bin schon ganz verspannt vom Nichtvögeln. Könnt ihr nicht einmal ein paar Turnübungen zu diesem Thema bringen? Irgendwie bin ich es leid, meinen großen Brustmuskel zu straffen, wenn sowieso keiner dran will.«

Applaus und Gelächter, das wird ja eine regelrechte Massenveranstaltung. Mit mir auf dem unsichtbaren Podium, oder besser gesagt auf der unsichtbaren Anklagebank. Ich hole tief Luft und straffe meine Schultern. Nur leider fällt mir nichts Passendes ein.

Allerdings fällt das niemandem auf, denn die Stimmung

rundum ist plötzlich wie auf dem Oktoberfest nach Mitternacht. Frauen in superkurzen Röcken verschwestern sich hemmungslos und tauschen persönliche Daten aus. »Schon seit einem halben Jahr nicht mehr.«

»Du Glückliche, ich hab das letzte Mal vor drei Jahren.«

»Was, du auch? Also gerade von dir hätte ich das nie gedacht.«

»Ich hab immer gedacht, du willst eben nicht.«

»Wie kommst du denn auf diese Idee? Aber zeig mir doch bloß einen Kandidaten, einen einzigen nur …«

Ich winke Mario, dem schnuckeligen wohlproportionierten kleinen Kellner, der selbst mit Cindy Crawford eine züchtige Nacht im Doppelbett verbringen würde, und zahle unauffällig meine Zeche. Dann stehe ich auf und gehe zum Ausgang, keiner hält mich zurück, nicht einmal Lotte, sie tuschelt gerade kichernd mit Spiegelbrille, ich fange das Wort »Callboy« auf. Ich werfe die Tür ins Schloss, dass es nur so kracht.

*

Mein Hinterteil ruht auf einem blauen Chintzstreublümchenkissen. Licht spendet eine Lampe mit gedrechseltem Holzfuß und blauem Chintzstreublümchenschirm. Die Filzstifte befinden sich in einem Tonkrug, die Heftklammern in einem Porzellandöschen. An der Wand vor mir prangen Wiesenblumen im Goldrand. Dies hier ist ganz entschieden Sabines Schreibtisch, und Sabine hat es nun einmal gerne gemütlich, im Landhausstil.

Seit voriger Woche ist sie im Urlaub, auf einer Tour durch schottische Adelssitze. Sabine hofft noch immer, dass ihr endlich der einzig adäquate Partner über den nebelverhangenen Hochmoorweg laufen wird, ein einsamer adeliger Großgrundbesitzer, mit einem Schloss voll offener Kamine und Himmelbetten sowie einer heimlichen Vorliebe für deutsche Gretelfrisuren. Statt mit einem Lord an der Angel ist Sabine bisher allerdings immer bloß mit einer ausgewachsenen Bronchitis von ihren Streifzügen zurückgekehrt. Aber sie gibt nicht auf, das gefällt mir an ihr.

Eine Woche wird sie noch ausbleiben, deshalb habe ich nun ihren Schreibtisch besetzt. Draußen perlt der Regen an den Scheiben ab, in Dartmoor kann es nicht trostloser sein.

Romy klopft an die Tür.

»Konferenz in fünf Minuten.«

Vielleicht wird Sabine ja diesmal fündig. Ich könnte dann als ihre persönliche Kammerzofe anheuern, mit einem neckischen weißen Spitzenschürzchen und einem Staubwedel für die Goldrahmen der Ahnengalerie und die Palmblätter im Wintergarten. Vielleicht hätte der Lord sogar einen verwaisten Neffen oder aber wenigstens einen muskulösen Chauffeur ... Die Idee beginnt mich zusehends zu begeistern, angewidert schiebe ich die leeren Blätter vor mir zur Seite.

»Wenn der Nachtwind deine heiße Haut abkühlt – Marilyn durchquerte das Herz des schwarzen Kontinents.« 12 Seiten à 25 Zeilen à 40 Anschläge. Seit drei Tagen starre ich schon auf die Überschrift, seit drei Tagen ist mir kein einziger lausiger Satz eingefallen. Statt dessen weide ich mich an Tagträumen, wie sie lustvoller nicht sein können.

Jonas, von stolzen Eingeborenen wegen seiner fiesen Art bis zum Hals in heißen Sand eingegraben, ein Skorpion krabbelt langsam auf ihn zu, Jonas rollt verzweifelt seine hervorquellenden Augen in meine Richtung, mit geschwollener Zunge flüstert er heiser »Flora, so hilf mir doch«, aber ich tippe nur lässig an meine Schläfe, dann starte ich den schwarzen Jeep und verschwinde in Richtung Ngorogorokrater, eine Staubwolke senkt sich langsam auf Jonas' Kopf und den vorwitzigen kleinen Skorpion. Gerne stelle ich mir aber auch vor, wie Jonas gerade bis zur Hüfte in dem trüben braunen Wasser watet, als plötzlich …

»Flora, träum nicht. Konferenz!!«

Auch das noch. Ich kann mich nicht einmal mehr aufraffen, Rouge und Mascara zu erneuern. Außerdem – sind wir nicht alle Schwestern, Freundinnen, ganz entre nous?

Der Konferenzraum ist bis auf den letzten Platz besetzt, und dennoch ist es erstaunlich still. Lustlosigkeit wabert zwischen Mineralwasserflaschen und Aschenbechern wie ein unsichtbarer, aber heftig ansteckender Grippevirus. Ich zwänge mich links an Romy vorbei und hoffe, dass mich die Kaffeemaschine gnädig verdeckt.

Principessa hat sich soeben ihre neue Lesebrille aufgesetzt, die so dekorativ auf der Nasenspitze balanciert, und blickt in die Runde, eine resolute Pfadfinderanführerin, die ihr müdes Grüppchen heute noch auf die große Gaiskarspitze peitschen will.

»Nun denn, meine Lieben, was steht an? Ideen, Anregungen, kritische Anmerkungen? Ich soll übrigens die besten Grüße der Anzeigenabteilung übermitteln. Die beiden letzten Hefte waren die meistbeworbenen seit Bestehen unseres Blattes.«

Wir legen eine ergriffene Schweigeminute ein. Romy massiert sich unauffällig ihren Nacken, Veronika bastelt eine Kette aus Büroklammern. Anita, unser hoffnungsvolles Jungtalent, wirkt nicht ganz so dynamisch wie sonst.

In solchen Momenten wird deutlich, dass Principessa mit Recht zu den hochbezahlten Topkräften der Frauenzeitschriftenbranche zählt, ich muss es neidvoll hinter meiner Kaffeemaschine anerkennen. Eingewoben in ein Netz aus negativen Schwingungen rückt sie voll Energie ihre Lesebrille zurecht und raschelt dynamisch mit ihren Notizblättern.

»Nachdem wir uns nun alle einen kleinen Anflug von Melancholie vergönnt haben, möchte ich doch vorschlagen, mit neuem Elan die Planung für unser nächstes Heft aufzunehmen. Wie alle wissen, haben wir uns auf einen Sonderteil ›Die Frau im Jahr 2000, Trends und Prognosen‹ geeinigt. Welche Themenvorschläge gibt es dazu im Detail?«

Allgemeines Räuspern ist die Antwort, dann rafft sich endlich Claire vom Referat »Deine Partnerschaft und Du« auf.

»Wir haben uns gedacht, dass wir eine große Reportage dem Bereich ›Frau, Karriere und Familie‹ widmen sollten. Knallharte Daten und Fakten der Meinungsforschungsinstitute, der Gewerkschaften und zuständigen Ministerien, aufgelockert durch Porträts von Frauen, die dem neuen Ideal entsprechen. Erfolgreich im Beruf, aber auch voll engagiert in der Partnerschaft und als Mutter. Zum Beispiel Verena Kessel, die bekannte Galeristin und fünffache Mutter, oder Sophie von Würzburg, die höchst erfolgreich die Forstwirtschaft ihres verstorbenen Mannes managt, ihre Zwillinge alleine großzieht und nebenbei noch in der Eierstockkrebshilfe als Vizepräsidentin engagiert ist. So ungefähr …«

Claire verstummt, ein wenig unsicher. Romy und ich halten beredten Blickkontakt: War das jetzt als Parodie gemeint oder wie oder was?

Principessa entscheidet den Fall in Sekundenschnelle, ihre Stimme schraubt sich in entzückte Höhen.

»Claire, das klingt einfach fa-bel-haft. Genauso schwebt mir unser Sonderteil vor, informativ und unterhaltsam zugleich, aufbauend und optimistisch.«

»Also wenn wir uns schon vornehmen, knallhart zu recherchieren, dann liegen wir mit dieser Geschichte ganz schön neben dem Trend. Im Jahr 2000 wird der Großteil der Kinder nur bei einem einzigen Elternteil, nämlich der Mutter, leben. Und die finanziellen Aspekte sind ebenfalls ziemlich trübe. Immer mehr dieser halben Familien werden an der Armutsgrenze dahinvegetieren.«

Wenn Romy so weitermacht, dann wird sie bald unterhalb der Luxusgrenze dahinvegetieren. Ich trete freundschaftlich-beruhigend gegen ihr Schienbein, aber Romy wirkt wie aus Stahl. Principessas Blicke blinken ebenfalls metallisch, sie durchbohren Romys dunkelgrünes Agnes-B-Jäckchen.

»Nun, meine liebe Romy, wir wollen die graue Realität ja keinesfalls ausklammern, da haben wir uns wohl missverstanden. Aber geht es uns allen in erster Linie nicht darum, die Leserin zu ermuntern und aufzubauen? Ist es nicht unser wichtigstes Anliegen, Millionen von Frauen den Rücken zu stärken?«

Principessa blickt kampfeslustig in die Runde. Anita, unser hoffnungsvolles Jungtalent, räuspert sich mit hochroten Backen. Gleich wird sie sich auf Blattlinie schleimen.

»Also, ganz ehrlich gesagt« – Anitas Stimme zittert ein bisschen vor Aufregung – »ich finde, dass Romy recht hat. Mit solchen Reportagen über irgendwelche abgehobenen Societydamen machen wir doch keiner einzigen normalen Frau Mut. Ich höre das in letzter Zeit immer öfter, auch meine Nachbarin sagt, es geht ihr so ...«

Anita verstummt unter den eiskalten Blicken ihrer einstigen Gönnerin. Die gesamte Redaktion starrt verdutzt zwischen den beiden hin und her.

»Meine liebe Anita, wie betrüblich, dass deine Nachbarin so wenig Erbauliches an unseren Themen finden kann. Vielleicht gehört sie aber auch nicht ganz unserer Zielgruppe an, könnte ich mir vorstellen. Wie auch immer, ich finde diese plötzliche Kritik an unserer gemeinsam erarbeiteten Blattlinie doch etwas erstaunlich. Noch dazu, wo uns die Verkaufszahlen doch wirklich recht geben.«

Principessa hat schon seit längerem ihre Lesebrille abgesetzt, damit das funkelnde Schiefergrau ihrer Katzenaugen auch besser zur Geltung kommt.

»Übrigens, Anita, deine Bearbeitung des Themas ›Erotik der Kniekehlen‹ findet vielleicht Anklang bei deiner Nachbarin. Mich hat sie jedenfalls nicht überzeugt, wie ich dir ja schon vorige Woche ausrichten ließ. An dieses Thema wird sich wohl noch einmal jemand setzen müssen.«

Aha, daher also diese plötzliche Verstimmung zwischen Schneewittchen und der guten Stiefmutter, wir blicken uns alle gegenseitig tief in die Augen.

»Aber ich denke, wir können uns nun endlich der wirklich konstruktiven Redaktionsarbeit zuwenden. Claire, du behandelst das ausgezeichnete Thema ›Frauen im Jahr 2000‹, Flora wird dich bei den Porträts unterstützen. Apropos Flora, was macht eigentlich die Schwarzafrikareportage?«

Ich blicke so treuherzig-zuversichtlich drein, wie es mir nur irgendwie möglich ist.

»Die ist praktisch fertig. Nur noch eine ganz kleine Überarbeitung, dann kann ich abgeben.«

»Schön, schön. Ich bin schon sehr gespannt. Sie soll das Herzstück unserer übernächsten Ausgabe werden, ich hoffe, das ist dir bewusst, liebe Flora.«

Principessa sieht mich skeptisch an, ich ziehe mich langsam, ganz langsam in die Deckung der Kaffeemaschine zurück, gleich wird die Sandviper zubeißen, tödliches Gift wird meine Muskeln lähmen, jede Rettung wird zu spät kommen. Aber die Sandviper ist schon satt, sie lässt das Kaninchen Flora für heute laufen.

Der Rest der Redaktionskonferenz plätschert wie ein lauwarmer Nieselregen rund um mich nieder.

Apropos Nieselregen, was wohl Sabine im fernen Schottland so treibt? Liebe Sabine, zieh einen Lord an Land und lass uns auswandern auf sein Schloss im Hochmoor, ich werde für diesen schicken Job allmählich zu alt.

Romy klopft mir zwischen die Schulterblätter, dass es nur so kracht. Ein bisschen vorsichtig bitte, hier sitzt ein ältliches Fräulein mit porösen Knochen.

»Na, wie wär's, wollen wir uns heute Abend im ›Solo Fino‹ einen ansaufen?«

»Nein danke, ich brühe mir lieber ein Tässchen Nerventee auf.«

»Ach komm schon Flora, lass dich nicht so hängen.«

Plötzlich steht Claire neben uns.

»Nehmt ihr mich mit? Trotz allem?«

»Claire, das war doch wohl nicht dein Ernst. Karrierefrau und fünffache Mutter. Ich bitte dich.«

Romy kann manches Mal ganz schön streng sein.

Claire sieht auch drein wie ein gescholtenes Schulmädchen.

»Bitte, ich würde es euch so gerne erklären. Können wir uns nicht heute Abend sehen?«

»Also gut. Um sieben im ›Solo Fino‹. Aber bitte ohne Sophie von Würzburg.«

Claire lächelt. Oder besser gesagt, es zuckt ein wenig um ihre Mundwinkel.

*

Karrieren zerbröseln, Beziehungen enden in Beton. Eine neue Milchstraße wird entdeckt, in Paris trägt man wieder gehäkelte Kniestrümpfe. Nur das »Solo Fino« bleibt sich treu, ein Fels in der Brandung, eine Oase in der Wüste.

Ich blicke um mich, Rührung sitzt in meiner Kehle. Leo überreicht mir mit Grandezza die handgeschriebene Karte, Empfehlung des Tages sind Gnocchi mit Butter und Salbei, anschließend ein Kalbsbraten in Weißweinsauce. Ich bestelle fürs Erste ein Glas Prosecco und bestreiche ein ofenwarmes Brotscheibchen mit Kräuterbutter. Und denke an Daniel, ganz bewusst, um in diesem Augenblick der Gelassenheit und des Genießens meinen Schmerz zu testen, aber es rumort nur leise mein Magen als Antwort. Vielleicht sollte ich doch die Gnocchi bestellen?

Und wie fühlt es sich an, Jonas herbeizuzaubern? Diesmal reagiert mein Hinterkopf, ein leichtes Ziehen und Pochen, als ob eine Migräneattacke noch vor Mitternacht über mich herfallen wollte. Nun bestelle ich wirklich, und zwar den Kalbsbraten. Die große alte Bahnhofsuhr über dem Tresen zeigt zwanzig nach sieben, wer weiß, wie lange ich heute Abend noch zur Nahrungsaufnahme fähig bin.

Die große alte Bahnhofsuhr über dem Tresen zeigt exakt zweiundzwanzig nach sieben, als endlich Romy und Lotte in der Tür erscheinen. Pünktlich, pünktlich.

Lotte lässt sich auf den Sessel links neben mir plumpsen wie ein alter Kartoffelsack, bar jeglicher Anmut und Grazie. Kein Wunder, dass sich daran keiner mehr festbeißen mag. Ich blicke indigniert drein, aber Botschaften ohne Worte prallen an Lotte einfach ab, das war schon immer so. In missmutigem Schweigen studieren wir die Speisekarte.

»Habt ihr schon die neue ›Sandrina‹ gelesen?«

Lotte blickt betont unschuldig drein, Romy und ich formieren in Sekundenschnelle eine Mauer. Wenn es um unser Konkurrenzblatt geht, dann sind wir von »Marilyn« uns einig, von Principessa hinab bis zur Bürobotin: Mit diesem degoutanten Erzeugnis haben wir nichts, aber auch schon gar nichts gemein, man blättert es bestenfalls mit spitzen

Fingern durch, um es anschließend in der Dämmerung mit hochgestelltem Mantelkragen im Altpapiercontainer zu entsorgen.

»Nein, warum? Sollte man sie diesmal lesen?«

Ich blicke Lotte streng an, ts, ts, was sich sogar Lehrerinnen heutzutage an Schundliteratur reinziehen, es ist ein Jammer, die armen Kinder.

»Sollte man, allerdings. Die haben nämlich eine Reportage über den neuesten Trend auf dem Beziehungssektor, Kontaktanzeigen in Computernetzwerken. Das ist offenbar der einzige noch mögliche Weg heutzutage, um einen halbwegs vernünftigen Typ kennenzulernen. War sehr informativ geschrieben, wir haben uns in der Pause im Konferenzzimmer alle darüber unterhalten. Ein paar von meinen Kolleginnen wollen es vielleicht sogar demnächst probieren.«

Ich würge angestrengt, als ob ein klebriges Gnocchi in meiner Kehle steckengeblieben wäre, und schlucke tapfer die einzig mögliche Antwort hinunter – »Viel Glück, ihr Schreckschrauben«.

Romy starrt auf ihre kunstvoll gefaltete Serviette, ein Markenzeichen des »Solo Fino«, als ob darin die Zauberformel für ewige Faltenfreiheit eingestickt wäre. Dieser Abend wird gemütlich, meine Magennerven signalisieren es deutlich.

Claire ist eingetroffen, beinahe hätten wir sie übersehen, so still hat sie sich auf den letzten freien Sessel sinken lassen.

»Ich kann leider nicht lange bleiben, wisst ihr, aber ich bin trotzdem so froh, dass wir uns heute Abend noch sehen.«

»Lass gut sein, Claire, du bist uns keine Rechenschaft schuldig.«

Die ruppige Romy ist plötzlich erstaunlich sanft und einfühlsam.

»Nein, ihr habt ein Recht auf eine Erklärung. Was glaubt ihr, wie mir schon seit Monaten zumute ist, wenn ich bei den Konferenzen diese abstrusen Themen vertreten muss. Aber ich habe einfach keine andere Wahl. Den Absprung in ein anderes Ressort habe ich verpasst, und auf der Karriereleiter werde ich wohl auch kaum mehr allzu hoch klettern. Ich muss da einfach mitspielen, auch wenn ich mir manches Mal jedes Haar einzeln ausraufen könnte. Aber mein Mann ist schwer tablettensüchtig, er hat vor einem halben Jahr seinen Job in einem Architekturbüro verloren. Ich muss einfach die Wohnung halten, das Auto, unsere Versicherungsprämien bezahlen und den ganzen Mist. Ich würde derzeit auch über Sex mit einem Schäferhund schreiben, wenn ihr es ganz genau wissen wollt.«

Claire sitzt plötzlich kerzengerade am Tisch, mit hochgerecktem Kinn, fast wirkt sie befreit und erleichtert. Romy legt ihr besänftigend den Arm um die Schultern, Lotte schaut höchst interessiert drein. Tja, meine Liebe, das sind eben andere Szenen als in eurem kleinen Konferenzkämmerchen. Bei »Marilyn« brodelt das wahre Leben, erbarmungslos und ungeschminkt.

*

Heidelinde fährt mit einem spitzen Spezialstift die unteren Ränder ihrer Fingernägel nach, bis sie weiß wie frischer Schnee im Dämmerlicht leuchten.

»So ähnliche Methoden haben die Vietcong als Folter angewandt«, giftet Romy, die es sich auf Heidelindes Chefassistentinnenschreibtisch bequem gemacht hat. Zwischen Utensilien, die diskret auf Arbeit und Verantwortung hinweisen: vollgekritzelte Terminplaner in allen Größen, Zettelchen mit geheimnisvollen Botschaften, Telefonregister und eselsohrige Manuskriptstapel. Ohne Heidelinde könnte sich Principessa als Klofrau in einem Bahnhofsrestaurant verdingen, das wissen sie beide.

Heidelinde fährt in ihrer exakten Tätigkeit fort, ohne auch nur die Brauen hochzuziehen.

»Ich habe ihr übrigens heute Vormittag deine Reportage über Kenia gefaxt, Flora. Aber sie hat sich noch nicht gemeldet.«

Ich starre zum Fenster hinaus, in einen Aprilnachmittag, wie er grauer und trübseliger nicht sein könnte. Unvorstellbar, dass in Nairobi gerade die Sonne scheint. Unvorstellbar, dass irgendwo die Sonne scheint. Heute früh um vier habe ich die zwölfte Seite »Marilyn durchquert den schwarzen Kontinent« fertiggestellt. Jede Menge Sonnenuntergänge, drei Rezepte für eisgekühlte Drinks, ein dezenter Hinweis auf die muskulösen Körper und blitzend weißen Zähne der Fischer am Strand von Mombasa, eine Prise Sozialkritik. So was liest meine Friseuse gerne.

»Wo steckt sie eigentlich? Findet irgendwo ein Kongress statt, dein Vibrator und der Mehrfachorgasmus?«

Romy ist heute wirklich übler Laune, die stets adrette und freundliche Heidelinde schüttelt missbilligend den Kopf und ist endlich beim letzten Nagel angelangt, dem linken Daumen.

»Also, wenn ihr meine Meinung hören wollt, ganz unter uns gesagt …«

Romy schlängelt sich quer über den Schreibtisch, auch die melancholische Flora macht einen gedankenverlorenen Schritt vom Fenster weg. Indiskrete Augenblicke sind bei Heidelinde selten.

Heidelinde genießt unser Interesse, jetzt fängt sie an, das

Nagelbett jedes einzelnen Fingers mit einem durchsichtigen Gel zu massieren.

»Also, ich glaube …«, Heidelinde beugt sich vor und flüstert in unsere hingebungsvoll geneigten Ohrmuscheln, »ich glaube, dass sie ein paar Tage bei diesem Chirurgen in Düsseldorf einlegt. Für ein Minilifting oder so etwas in der Art. Ich habe jedenfalls ein Gespräch mit ihrer Freundin mitgehört« – nanu, Principessa hat eine Freundin, ja gibt es denn solche Phänomene unter Piranhas und Chefredakteurinnen? – »in dem sie sich ziemlich angeregt über das Unterspritzen von Lippenfältchen unterhalten haben. Und damit hat sie ja ganz eindeutig Probleme, wie wir alle wissen.«

Allerdings, wer hat nicht das Bild unserer Chefredakteurin im Kopf, wie sie mit gekräuseltem Kussmund an ihrer »Lady Extra« saugt?

»Vielleicht kann sie dazu gleich das überschüssige Fett aus ihren Oberschenkeln verwenden«, schlage ich vor. Romy grinst.

»Hoho, haben wir es hier nicht mit der Autorin unserer Titelstory vom vergangenen Oktober zu tun, Frauen, das solidarische Geschlecht?«

Ich bin gekränkt.

»Bitte, wenn ihr mich unbedingt missverstehen wollt. Ich habe es nur als konstruktiven Vorschlag gemeint.«

Romy klopft mir versöhnlich auf die Schulter, Heidelinde hebt zu einer neuen geflüsterten Vermutung an. Da läutet das Telefon, unwillig hebt Heidelinde ab. »Marilyn Chefredaktion, Guten Tag.«

Sie lauscht, sichtlich immer interessierter, und hält mir dann den Hörer entgegen.

»Für dich, Flora, ein Mann.«

Also, was soll, bitteschön, dieser maliziöse Unterton? Als ob es etwas Besonderes wäre, wenn eine Männerstimme nach mir verlangt. Unwirsch blaffe ich in den Hörer: »Hallo, ja bitte?«

»Jambo.«

»Ohhh ...«

Mehr fällt mir leider nicht ein. Wenigstens nicht in diesem unpassenden Augenblick, eingekeilt zwischen zwei nichtsnutzigen Frauenspersonen, die nichts anderes zu tun haben, als sich vielsagende Blicke zuzuwerfen.

Ohhh, macht Romy und verdreht die Augen wie ein Weihnachtskarpfen auf dem Hackbrett.

Ich räuspere mich, um wenigstens ein paar Zehntelsekunden Galgenfrist herauszuschinden. Du lieber Himmel, das darf doch nicht wahr sein, wagt es dieser Schuft allen Ernstes, mich nach fast zwei Monaten Funkstille einfach anzurufen, als ob nichts passiert wäre?

»Was für eine Überraschung.«

Heidelindes wohlmanikürte Finger zucken über die Knöpfe der chefredakteurlichen Telefonanlage, aber dann wagt sie es doch nicht, auf »Mithören« zu schalten.

»Hallo Flora, ich bin gestern Abend von einer Tagung aus Vancouver zurückgekommen und habe auf dem ganzen Rückflug an dich gedacht. An unsere Zeit in Nairobi ... Findest du nicht auch, dass die paar Tage viel zu kurz waren?«

»Och, weißt du, ich habe sehr viel zu tun, da bin ich noch gar nicht dazugekommen ...«

Romy und Heidelinde könnten sich problemlos bei einem vagabundierenden Schmierentheater als Laiendarstellerinnen verdingen. Heidelinde windet sich in lautlosen Krämpfen, die wohl eine Art Liebestod darstellen sollen, Romy grimassiert wie wild. Ich blicke durch meine beiden Exfreundinnen hindurch auf das Aprilwetter vor unserem Panoramafenster im fünfzehnten Stock.

»Dein Anruf kommt etwas überraschend, ehrlich gesagt. Wir haben auch gleich eine Besprechung. Ruf mich doch heute Abend zu Hause an, so ab neun Uhr, ja?«

»Hmmhmm.«

Jonas klingt ein ganz klein wenig eingeschnappt, offenbar hat sein telefonischer Überfall nicht ganz die überschwängliche Reaktion ausgelöst, deren er sich sicher war.

»Ja gut, abgemacht. Ich melde mich heute Abend.«

Dann tutet es aus dem Hörer.

Ich lege sachte auf und versuche so cool wie möglich dreinzuschauen. Aber Heidelinde öffnet schon die linke unterste Schublade und angelt nach dem Fläschchen Grappa, das nur zu ganz besonderen Gelegenheiten hervorgezaubert wird.

»Für unsere Besprechung.«

Heidelinde zwinkert, Romy zwinkert, und ich kann endlich lachen.

Wir lassen das erste Glas kreisen, jede kippt ihr Schnäpschen mit einem Schluck.

»Brrr«, Romy schüttelt sich. »Sag bloß, das war Daniel. Wieso hast du nicht aufgelegt?«

»Weil es eben nicht Daniel war, ganz einfach.«

Schön, solch ein Moment ungeteilter Aufmerksamkeit. Aber anstatt ihn auszukosten, muss ich natürlich weiterplappern, ich habe Informationen jeglicher Art noch nie bei mir behalten können.

»Es war Jonas, ihr wisst schon, der Schweizer, dem ich im Zug von Mombasa nach Nairobi begegnet bin.«

»Ahhh, der. Der dich so aufgeheizt und dann hat sitzenlassen.«

Was ich an Romy schätze, ist ihre direkte Art. Nicht angekränkelt von Takt oder Feingefühl, in kein Korsett aus falscher Zurückhaltung gezwängt. Nur weiter so, unsere liebe

Flora verfügt ja über ein Nervenkostüm aus Eisen und Stahl, nie werdet ihr sie wanken sehen.

»Ja, genau der. Er will mich wiedersehen.«

»Na Prost.«

Heidelinde verträgt nicht einmal einen einzigen Grappa, kichernd und prustend hält sie sich am Glas fest.

Ich blicke betont gelangweilt auf meine Uhr, ein Schnäppchen vom Duty Free in Genf übrigens, platt wie eine Flunder und ziemlich teuer, unter uns gesagt.

»Ich werde mich auf den Heimweg machen. Über meine Story bekomme ich heute sowieso keine Rückmeldung mehr. Wahrscheinlich kann Principessa noch nicht einmal krächzen mit ihrem neuen Kussmund.«

Aber Romy und Heidelinde sind durch nichts abzulenken, nicht einmal durch unsere höchstwahrscheinlich frischgebügelte Chefin.

»Flora, tu's nicht. Der spielt doch nur mit dir.«

Romy wirkt auf einmal ernstlich besorgt, wie eine Oberschwester im Feldlazarett für Gehirnamputierte. Heidelinde nickt heftig.

Die beiden haben mir gerade noch gefehlt. Ich angle nach meiner Schultertasche und wickle meinen selbstgestrickten Ringelschal um den Hals.

»Vielen Dank für die gutgemeinte Warnung. Ihr könnt mich ja trösten, wenn eure heimlichen Erwartungen in Erfüllung gehen.«

Dann rausche ich hinaus und drücke entschlossen auf den Aufzugsknopf am Flur. Ein grünes Lämpchen flackert, und ich fühle mich tief elend. Warum ist man bloß immer zu den Menschen am ekeligsten, die einem noch nie wehgetan haben? Die man anrufen könnte um vier Uhr früh auf ein paar tröstende Worte und eine heiße Ovomaltine?

Das Lämpchen erlischt und die leere Kabine geht auf. Ich bin froh, dass ich sie mit niemandem teilen muss.

11

Rundum sieht es aus wie in einem unserer Sonderteile zur Adventszeit, dabei ist es doch die Woche nach Ostern. Schneeweiße Bergkuppen vor einem kornblumenblauen Winterhimmel, die Sonne funkelt auf den vereisten Zweigen der Tannenbäume. Wiesen, mit Puderzucker bestäubt, vom Tal klingt das Läuten einer Glocke herauf. Aus dem Schornstein unserer Hütte kringelt sich der Rauch, der Geruch von trockenen Holzscheiten kitzelt angenehm in meiner Nase.

Ich sitze auf der verwitterten Bank vor dem Haus, habe die Füße von mir gestreckt und bewundere die handgestrickten Socken, die ich mir gestern in dem kleinen Kramladen in Obergurgl gekauft habe. Dem Preis nach hat Caroline von Monaco höchstpersönlich die Ferse gestrickt. Aber egal – mein Styling ist einfach perfekt.

Ich kuschle mich in meinen Zopfpullover mit den aufgestickten Hirschgeweihen, meine Backen prickeln vor Kälte. Jemand klopft an die Fensterscheibe in meinem Rücken und ich drehe mich um, ganz langsam, um die Wonne dieses vollkommenen Augenblicks bis zur Neige auszukosten.

Jonas steht in der warmen Stube, er haucht auf das Glas, ein apfelgroßes Guckloch beginnt zu schmelzen. Wir sehen uns an und lächeln, schüchtern und strahlend zugleich.

Dann steht er im Türrahmen, er trägt ein Hemd aus Flanell, blau und grün gewürfelt, seine Jeans stecken in warmen Stiefeln, sein blauschwarzer Haarschopf fällt ihm über die Augen, aber Jonas streicht ihn nicht zurück.

Gleich wird Paolo d'Abbruzzo »Jaaaa, sehr schön, so bleiben, gut so« rufen, aber nichts rührt sich. Dieser Mann, der aussieht wie einer Reklame für irische Landbutter entsprungen, dieser Mann gehört einfach mir, wenigstens hier und jetzt, heute und morgen bis siebzehn Uhr dreißig, dann geht sein Zug von Obergurgl Richtung Zürich.

Jonas setzt sich neben mich und legt den Arm um meine Schultern.

»Flora, du wirkst so friedlich, ist alles in Ordnung?«

Ich nicke nur und kuschle mich an Jonas' flanellweichwarmes Schlüsselbein. Mein kleiner Moskitofreund ist weit weg, dafür ist dieses perfekt geformte Ohrläppchen ganz nah. Ich knabbere ein bisschen daran, ganz sanft, als ob eine haselnussfarbene Praline zwischen meinen Zähnen dahinschmelzen würde.

Seit mich Jonas gestern Mittag auf dem einzigen Bahnsteig von Obergurgl in die Arme geschlossen hat, geht es so mit uns, ein Gleichklang, ein Verstehen, ein Schweben …

Ich schließe die Augen und gönne mir einen schweinischen kleinen Tagtraum vom Glück. Was wäre wenn … wenn wir einfach zusammenblieben, auf ganz altmodische Art. Mit einem gemeinsamen kleinen Nest, ein Schlafzimmer, ein Wohnzimmer, eine gemütliche Küche mit einem alten Holztisch und selbstlackierten Stühlen. Auf dem Tisch würden immer frische Blumen stehen und zu Weihnachten ein duftender Reisigkranz. Die Bettwäsche wäre blütenweiß und knisternd vor Frische. Wer weiß, vielleicht würde Jonas das Bügeln sogar Spaß machen, ich könnte mich dafür ja im Kochen versuchen, endlich all die Rezepte hervorkramen, die ich über die Jahre gesammelt habe. Gemüseaufläufe und Saucen mit Rotwein, Obsttorten und Salate. Oder vielleicht wäre es doch am besten, eine sympathische Haushälterin zu engagieren, eine kugelrunde ältere Dame mit Apfelbacken und einer Blümchenschürze? Sie könnte unseren Kindern Märchen erzählen, wenn Jonas wieder einmal zu einer Tagung muss und die Mutter den Anschlussflug für den Gutenachtkuss versäumt hat. Laura, unsere Tochter, und Sebastian, unser Sohn, schlafen friedlich und halten ihre Kuscheltiere fest an sich gepresst, wenn ich spätabends noch an ihre Bettchen …

»Hast du Hunger?«

Jonas fährt durch mein Haar, der Knoten in meinem Nacken löst sich auf und rotbraune Kringel fallen auf den Zopfpullover. Ich fühle mich wunderschön.

»Nur ein ganz klein wenig, eher Appetit, vielleicht auf ein Stück Käse und ein Glas Rotwein …«

Das isst man doch in solchen Situationen immer, wenigstens in den französischen Filmen, oder nicht?

Jonas grinst und zerzauselt den Rest meiner Frisur.

»Und wie wäre es mit Käsespätzle zum Rotwein? Hat die je ein echter Schweizer für dich gekocht?«

Ich schüttle den Kopf, nein, noch niemals ist mir solch eine Ehre widerfahren.

Jonas' selbstgemachte Spätzle entpuppen sich wenig später als gelungene Kombination aus Fertigprodukt und selbstgeriebenem Emmentaler. Während die Spätzle gemäß Packungsanleitung fünfzehn Minuten in siedendem Salzwasser köcheln, darf ich die Zwiebeln schälen und fein hacken, in Butter glasig dünsten. Jonas reibt den Käse.

Dampfschwaden hängen über dem alten Herd in unserer holzgetäfelten Wohnküche, auf der Sitzbank liegen rotkarierte Kissen. Jonas deckt den Tisch, mit angeschlagenen Tellern und mattgewaschenem Besteck. Nie ist mir ein Tisch heimeliger und einladender erschienen, ich muss Dorothee vom Reiseressort, die uns diesen Traum über »rent a home«

vermittelt hat, einfach küssen beim Wiedersehen. Und ein paar Socken von Caroline will ich ihr auch mitbringen, als kleines Dankeschön.

Dann sind die Spätzle fertig, fettglänzende Gebirge auf unseren Tellern, ich kippe vorsichtshalber einen Obstler, um meinen Magen gnädig zu stimmen.

Wir essen schweigend, im Herd knacken die Holzscheite, meine Backen prickeln vor Wärme. Ich könnte mir einen Job beim »Obergurgler Wochenendanzeiger« suchen, und Jonas würde sicher einen phantastischen Dorfschullehrer abgeben ... Und natürlich werde ich weiterhin den Kontakt zu meinen Freundinnen pflegen, schließlich haben sie mich auf einem Stück Lebensweg tapfer begleitet.

Ich blicke auf Jonas, der lustvoll kaut, und versuche meine Stimme so belanglos wie möglich klingen zu lassen.

»Was sind eigentlich deine nächsten Pläne?«

Jonas balanciert eine weitere Gabelladung zwischen seine Zähne.

»Wird ziemlich stressig in nächster Zeit, würde ich mal meinen. Wir arbeiten gerade an einem Unterrichtsprojekt für Straßenkinder in Lima, dann habe ich Einladungen für eine Vortragsreihe an amerikanischen Universitäten. Und außerdem sollte ich schon längst das Vorwort für ein Buch von meinem alten Studienfreund Serge fertig haben. Er ist Dozent für Ethnologie an der Sorbonne, Fachgebiet Rassismus.«

Ich schweige beeindruckt. Diesen hellen Kopf möchte ich allen Ernstes als Dorfschullehrer in Obergurgl verkümmern sehen? Nun, wir wollen ja nichts überstürzen, und außerdem – vielleicht hat Jonas ganz andere Pläne unsere gemeinsame Zukunft betreffend?

»Und, was steht bei dir so an, Flora?«

»Pfhhhh.«

In solch glasklaren Momenten des Glücks und der Zuversicht wird mir erst richtig bewusst, mit welch unnützem Schrott ich meinen Lebensunterhalt verdiene. Eitler Tand und heiße Luft, das habe ich doch schon immer heimlich geahnt, aber mir bloß nicht eingestehen wollen. Was steht schon an? Irgendwelche Partnerschaftsreports und schicke Reiseziele. Außerdem eine Reportage, soviel ich weiß, über eine Samenbank in Amsterdam, bei der sich frustrierte Karrierefrauen, die keinen abgekriegt haben, ihr Phiölchen Sperma abholen. Iggittiggitt.

»Viel Schreibtischkram, vermute ich mal. Und dann soll ich auch irgendwann nach Amsterdam, habe ich jedenfalls läuten hören.«

Jonas fragt nicht nach. Er lächelt mich nur an, voll zarten Verstehens, fast als ob er meine Gedanken gelesen hätte, und greift nach meiner Hand.

»Wie wäre es mit einem kleinen Mittagsschläfchen?« Das Glück ist ganz leise. Das habe ich schon in Daniels Armen geahnt.

12

»Gibt es einen trostloseren Monat als August?« – Wir sitzen in Sabines Laura-Ashley-Stübchen und trinken Espresso aus verchromten Tassen, ein Weihnachtsgeschenk des großherzigen Verlegers an seine treudoofen Knappen. Romy und Claire balancieren auf Bücherstapeln, Sabine kauert im Schneidersitz auf ihrem Lehnstuhl mit Rüschenkissen. Allerdings in Jeans und grauem Pullover statt in Cordsamtrock und Blümchenbluse. Seit dem letzten Schottlandaufenthalt hat ihr Spleen für englisches Adelsgehabe merklich nachgelassen.

»Lauter Spinner und Schwuchteln«, hat sie angeblich Saskia vom Gesundheitsreferat anvertraut, und das über einem Mozzarella mit Tomaten beim Italiener gleich ums Eck.

Mit tut es aufrichtig leid für Sabine, dass ihre anglophile Schwärmerei – so kindisch sie auch gewesen sein mag – keine Erfüllung gefunden hat. So bin ich nun mal, mein persönliches Glück trübt mir keineswegs den Blick für den Kummer anderer. Ich weiß, wie das ist, wenn man gänzlich alleine steht im Leben, oh ja, ich kann mich durchaus noch erinnern. Auch wenn meine höchstpersönliche Situation heute eine völlig andere ist, eingebunden in eine Beziehung, wie sie vertrauter und liebevoller nicht sein könnte.

Obwohl Jonas seit unserem Treffen in Obergurgl praktisch pausenlos um den Globus tourt, so halten wir doch regelmäßigen Kontakt. Erst vor zehn Tagen hat er sich wieder gemeldet, aus Boston, wo er an der Universität ein Seminar abhält. Die Verbindung war zwar nicht die allerbeste, aber ich habe dennoch verstanden, was mir Jonas zwischen den Zeilen unseres nur für Uneingeweihte belanglos klingenden Gespräches vermitteln wollte. Nämlich unendliche Liebe und Fürsorge, zart anklingende Zukunftspläne.

Mit seinem bubenhaften Lachen in der Stimme hat er mir erzählt, wie die Studentinnen seines Seminars ihn umschwärmen, und wir haben uns gemeinsam köstlich amüsiert. Eine sieht angeblich wie die junge Brooke Shields aus, die Ärmste. Leider konnte mir Jonas nicht genau sagen, wann er wieder nach Europa zurückkehren wird, aber er will sich so bald wie möglich melden, »und dann sehen wir uns ganz sicher, Flora«.

Seither schreite ich durchs Leben und durch unsere Redaktionsräume, warm eingepackt in eine dicke Hülle der Zuversicht. Die allerdings von meinen angeblichen Freundinnen geflissentlich übersehen wird, diesen neidigen Asseln. Weder Romy noch Lotte haben mich auf die Tage des Glücks in Obergurgl angesprochen, nur Dorothee vom Reiseressort konnte ich ausführlich berichten, als ich ihr die Socken überreichte.

Und, höchst erstaunlich, Principessa hat offensichtlich den Wandel wahrgenommen, der ihrer kompliziertesten Autorin widerfahren ist. Vorige Woche sind wir auf dem Gang vor dem Konferenzzimmer fast aufeinandergeprallt. Ich war zugegebenermaßen etwas in Gedanken versunken, manches Mal geht mir diese glupschäugige Brooke Shields nicht aus dem Kopf, wie eine lästige Melodie, die einen am Einschlafen hindert. Principessa hat mich gemustert, undurchdringlich, nach ihrem angeblichen Kulturwochenende in Düsseldorf sieht sie entschieden um Monate jünger aus.

»Jaja, meine liebe Flora ... Allein ist es gut, zu zweit ist es besser, nicht wahr? Das wissen wir alle, glaube mir ...«

Mit diesen kryptischen Worten ist Principessa wieder entschwunden, auf schwarzsamtenen Stilettoabsätzen von diesem Londoner Nobelschuster am Sloane Square. »Ihr kommt doch alle am Samstag?«

Claire hat die Espressotasse auf dem Boden abgestellt und blättert in ihrem Filofax.

»Ihr wisst doch, Heidelinde feiert ihren Achtunddreißigsten.«

Guter Gott, auch das noch. Eigentlich hatte ich ja vor, einen Schönheitstag einzulegen, mit Saunabesuch, Massage, Pediküre und zwei Litern Kräutertee, außerdem frischgeschrotetem Dinkelbrei, verteilt auf fünf kleine Mahlzeiten über den ganzen Tag. Laut unserem Konkurrenzblatt »Sandrina« soll ein solcher Tag wahre Wunder bewirken, die Haut wird strahlend frisch und glatt, die Bauchdecke strafft sich praktisch von alleine. Statt dessen sehe ich mich nun in der rauchgeschwängerten Luft des »Solo Fino« hocken und vor lauter Frust über das Elend rundum überflüssige Kalorien in Form von Prosecco und Grappa in mich hineinschütten. Und was ist, wenn Jonas ausgerechnet am Samstagabend anruft? Wird er als eifersüchtiger Schweizer nicht die Konsequenz aus meiner lieblosen Abwesenheit ziehen?

»Du kommst doch, Flora?«

So wie Romy das sagt, klingt es eher wie ein Befehl als eine Frage.

»Aber ja doch, natürlich.«

Ich kann ja immer noch eine plötzliche Darmgrippe vorschützen, obwohl das nicht wirklich nett wäre. Noch dazu, wo ich Heidelinde ehrlich mag.

»Was schenken wir ihr eigentlich?«

»Wir wäre es mit diesem neuen Supergel gegen Augenfältchen, ihr wisst schon, in den blauen Kapseln.«

»Sehr taktvoll, warum nicht gleich ein Körbchen mit Blasentee und Hämorrhoidensalbe?«

Das war Romy, wer sonst.

»Serviettenringe, diese silbernen italienischen, mit den ausgestanzten Männchen.«

»Heidelinde kann nicht kochen, nicht einmal eine Tütensuppe.«

»Eben, und deshalb hätte ich da eine Idee, wir müssten allerdings zusammenlegen.«

Claire sieht uns alle der Reihe nach eindringlich an.

»Roberto, der Koch vom ›Magnolia‹, ihr wisst schon, das ist dieses Drei-Hauben-Bistro bei der Kunsthalle, veranstaltet zweimal im Jahr Kochkurse übers Wochenende, für höchstens acht Teilnehmer. Man lernt einfache Rezepte für Süppchen und Salate, Fisch und Desserts. Es wird gemeinsam eingekauft, gekocht und gegessen, und es soll sehr lustig sein. Allerdings auch nicht ganz billig. Und ...« – Claire beugt sich vor, aha, jetzt kommt also das Allerwichtigste – »... angeblich sollen immer auch ein paar höchst ansehnliche Junggesellen dabei sein, die vor lauter Karriere das Heiraten vergessen haben und jetzt nicht wissen, wie sie sich ein Spiegelei in ihrem einsamen Penthouse braten sollen. Na, was sagt ihr?«

Wir schweigen beeindruckt. Sabine kratzt sich aufgeregt hinterm Ohr, offenbar überlegt sie sich gerade, wozu sie immer bis in dieses kalte Schottland mit seinen gräulichen Lammragouts gereist ist.

»Claire, das klingt phantastisch.«

»Ja, das finde ich auch. Hoffentlich ist noch ein Platz frei.«

»Um ehrlich zu sein, ich habe schon vor Tagen nachgefragt und mal provisorisch eine Reservierung für das nächste Wochenende im Oktober gemacht. Wenn wir vier zusammenlegen, dann kommen wir gerade hin.«

Claire verstummt, denn Heidelinde steht im Türrahmen.

»Flora, hast du Zeit. *Sie* würde dich gerne sprechen.«

Ich nicke ergeben. Aber ja doch, warum nicht. Pflichtschuldig werde ich auch meine letzten Reportagen für »Marilyn« fertigstellen, ehe ich mich als Reporterin beim »Obergurgler Wochenendanzeiger« den wirklich lebensnahen Themen widmen darf: Ernteausfall durch Hagelschlag beim Großhuberbauern, Milchertragssteigerung auf der Edelweißalm, Doppelhochzeit in Untergurgl. Mit einem alles verzeihenden Lächeln auf den Lippen betrete ich das Büro von Principessa.

Unsere Chefredakteurin telefoniert gerade, mit einer lässigen Geste werde ich aufgefordert, Platz zu nehmen.

»... ja doch, mein Lieber, aber gewiss. Wir sehen uns nächste Woche in Berlin bei der Premiere. Nein leider, ich muss gleich am nächsten Morgen zurück, du weißt doch, die Redaktion. Also dann, ciao bello, va bene.«

Principessa legt auf und blickt mich an. Vielleicht sollte ich ihr akzentfreies Italienisch loben? Aber ich beschränke mich lieber auf ein bedeutungsvolles Hüsteln. »Tja Flora, meine Liebe, was ich dich schon seit längerem fragen möchte: Ist alles in Ordnung mit dir? Du wirkst so verändert in letzter Zeit.«

Ich schlage die Beine übereinander und lehne mich in dem cremefarbenen Ledersessel zurück. Was bin ich froh, dass ich dieses exaltierte Getue nicht mehr allzu lange ertragen muss. Lois, der Chefredakteur des »Obergurgler Wochenendanzeigers« ...

»Flora, du wirkst so geistesabwesend. Stimmt etwas nicht? Möchtest du dich mir anvertrauen?«

Wie bitte? Nein danke, lieber plaudere ich mit der Telefonseelsorge.

»Oh, vielen Dank, es ist alles in bester Ordnung.«

Principessa sieht mich an und seufzt ganz leise.

»Flora, bitte glaube mir, wir alle kennen diese Gefühle, die dich gerade erfüllen. Ich wünsche dir nur das Allerbeste. Aber bitte sei auch auf der Hut. Und wirf nicht sorglos weg, was du dir in den vergangenen Jahren mit Engagement und Einsatz aufgebaut hast.«

Amen. Gleich erzählt mir die Mutter der Redaktion, dass ich im Winter immer auf warme Füße achten soll, um keinen Blasenkatarrh zu bekommen. Ich schweige erbittert.

Principessa seufzt noch einmal, dann setzt sie sich mit einem Ruck noch ein bisschen aufrechter hin.

»Also gut, Flora, wenden wir uns beruflichen Angelegenheiten zu. Wie du ja bereits weißt, habe ich dich für die Recherche über diese Spezialklinik in Amsterdam vorgesehen. Ein höchst delikates Thema, das brauch ich dir ja wohl nicht extra auseinanderzusetzen. Es ist eine große Auszeichnung für unser Blatt, dass ausgerechnet eine unserer Redakteurinnen dort empfangen wird. Die Klientel kommt aus der ganzen Welt, sowohl was die Spender als auch die Empfängerinnen betrifft. Das bedeutet aber auch, dass du mit allergrößter Diskretion vorgehen musst. Ich denke, du bist dir darüber im Klaren.«

»Hmm, hmm, natürlich.«

Bitte jetzt kein Einführungsvortrag in die Ethik des Journalismus.

»Also gut, alle weiteren Unterlagen wird dir Heidelinde aushändigen. Du fliegst Anfang nächster Woche. Abgabetermin ist Ende des Monats. Wir wollen nicht, dass uns irgendjemand mit einer ähnlichen Story zuvorkommt.«

Dann bin ich entlassen. Principessa bleibt hinter ihrem Schreibtisch sitzen, ich kann ihre Blicke in meinem Rücken fühlen.

*

Vanillefarbenes Licht fällt auf die Bücherstapel ringsum, die rauchige Stimme von Chris Rea strömt ganz leise aus den Lautsprecherboxen. Ich sitze auf dem Boden, mit dem Rücken ans Sofa gelehnt, meine Füße stecken in dicken warmen Socken, meine eiskalte linke Hand hält seit ein paar Minuten den Telefonhörer umklammert. Am liebsten würde ich ins Kabel hineinkriechen, dem Mann am anderen Ende der Leitung entgegen, um den tieferen Sinn unseres belanglosen Geplauders zu erhaschen. Aber es gelingt mir nicht, so sehr ich mich auch krümme. Ich fühle mich dazu verdammt, mitzuspielen, auf Jonas' heiteren Ton einzugehen, mir nur ja keine Blöße zu leisten.

»Und, wie ist das Wetter in Boston? Auch so grau wie hier?«

»Nein, es ist einfach himmlisch. Nur gestern hat es ein wenig geregnet, aber heute haben wir strahlend blauen Himmel. Am Wochenende möchte ich einen langen Spaziergang machen, mit ein paar Studenten aus meinem Seminar. Am Samstagabend gibt es außerdem ein kleines Fest im ›Harbour Inn‹, für Elizabeth, sie wird zweiundzwanzig, du weißt schon, das ist die, die ausschaut wie Brooke Shields.«

»Oh ja, das klingt wirklich nett. Ich gehe auch zu einem Fest. Heidelinde, unsere Redaktionsassistentin, wird achtunddreißig, da feiern wir ein bisschen im ›Solo Fino‹.«

Gleich wird der Hörer in meiner Hand bersten. Irgendetwas stimmt nicht zwischen uns, irgendetwas läuft da schief.

»Und, wie schauen deine nächsten Pläne aus?«

Ich versuche, leicht und oberflächlich zu klingen, aber meine Stimme hört sich an wie die einer ältlichen Staatsanwältin, der in jahrelangen Prozessen jeglicher Charme abhandengekommen ist.

»Hmm, kann ich noch nicht genau sagen. Ich werde sicher noch einige Zeit in den Staaten bleiben. Warum?«

»Ach, nur so. Ich muss nächste Woche nach Amsterdam, für irgendsoeine Recherche. Und im kommenden Monat steht wieder eine Reisereportage an, höchstwahrscheinlich die Bermudas, vielleicht könnte ich über Boston fliegen …«

»Tja, mal sehen. Es könnte aber sein, dass ich dann schon in Chicago bin, du weißt ja, das ist meine nächste Station.«

»Ja, natürlich, es war ja auch nur ein Vorschlag.«

Wir schweigen beide, nur Chris Rea singt unverdrossen. Ich starre auf die staubigen Blätter meines Ficus Benjamin, Hausfrau des Jahres werde ich wohl nie. Obwohl, in Obergurgl hätte ich mir sehr wohl vorstellen können, auch Spaß an der …

»Flora?«

Jonas' Stimme ist wieder da, er klingt ein ganz klein wenig verunsichert, oder ist er eher peinlich berührt?

»Ja?«

»Flora, ich bitte dich, du machst dir doch keine falschen Hoffnungen, oder? Wir haben ein wunderschönes Wochenende miteinander verbracht, aber von mehr war nie die Rede, oder, Flora?«

»Nein, nein, natürlich nicht.«

Oh Gott, wie peinlich. Wie viele Partnerschaftsreportagen habe ich eigentlich in all den Jahren zusammengestümpert, mir wie viel Fachliteratur reingezogen, mit wie vielen Psychologen und Paartherapeuten gesprochen – nur um jetzt hier zu sitzen wie ein Häufchen Elend und mich zum Idioten zu machen? Ich werde morgen mein Kündigungsschreiben verfassen, das ist die einzig anständige Wahl, die ich noch habe, außer Harakiri.

»Nein, natürlich nicht ... Ich habe nur gedacht ... Eben, weil es so wunderschön war ... Wir waren doch glücklich, da habe ich gedacht ...«

Jonas' Stimme klingt ganz sanft.

»Flora, bitte, du musst versuchen, mich zu verstehen. Eben weil wir beide so glücklich waren, darf nicht mehr daraus werden. Ich muss frei sein für meine Arbeit, du siehst doch, was für ein Zigeunerleben ich führe. Glaube mir, auch mir fällt es schwer. Wir waren einfach *zu* glücklich, Flora, *zu* glücklich.«

Wie bitte? Ich schüttle meinen Hörer ganz leicht, vielleicht hat sich ja ein teuflischer Übertragungsfehler in unsere Atlantikverbindung geschlichen. Was waren wir? *Zu* glücklich??

Jonas deutet mein Schweigen offenbar als tiefes Verstehen.

»Flora, bist du noch da? Du siehst es doch ein, oder? Natürlich freue ich mich sehr, wenn wir uns demnächst wieder einmal sehen können. Aber für eine festere Bindung bin ich einfach der Falsche, dazu fühle ich zu viel Verantwortungsbewusstsein für meinen Beruf. Und glaube mir bitte eines – noch nie ist mir eine Frau so gefährlich nahegekommen wie du, Flora. Deine selbständige Art hat mich tief beeindruckt. Sollte ich mich je wirklich binden, dann muss es eine Frau wie du sein.«

Ohh, vielen Dank für dieses von Herzen kommende aufrichtige Kompliment. Ich atme tief durch. Jetzt gilt es nur noch, mit hocherhobenem Haupt aus dieser grässlichen Situation herauszukommen. Nur ja nicht weinen, nur ja keine Gekränktheit zeigen.

Ich lache, wenn auch etwas zittrig, aber es geht als Lachen durch.

»Ach Jonas, was für ein hübsches Kompliment, ich fühle mich geschmeichelt. Mein Traummann darf dir ruhig auch ähneln ... nur ein bisschen jünger sollte er sein.«

Nun ja, die feine Klingenführung war das nicht gerade, aber immerhin, meine Stimme klingt nicht mehr ganz so gepresst.

Dafür scheint Jonas etwas beleidigt.

»Tja, dann sehen wir uns ja sicherlich demnächst irgendwann einmal.«

»Oh ja, ganz sicher. Es wird schon ein Treffen klappen. Lass es mich wissen, wenn du in der Nähe bist.«

»Das tue ich ganz bestimmt. Und, Flora, pass auf dich auf. Ich meine das ehrlich.«

»Ja, das möchte ich dir auch ans Herz legen. War schön, von dir gehört zu haben. Mach's gut, ja?«

»Also dann, ciao.«

»Ciao.«

Was habe ich bloß immer meinen Leserinnen für solche Situationen angeraten? Ich massiere meine Schläfen, aber da ist bloß ein Pochen und Ziehen in meinem Kopf, ein hohles Gefühl in meinem Magen. Andere Menschen, vorzugsweise Männer, bekommen in entscheidenden Momenten ihres Lebens wenigstens so etwas Bedeutsames wie Herzrasen. Ich werde höchstens von Durchfall geplagt.

»Aktivitäten setzen«, war es nicht das? Sollte ich vielleicht meinen Ficus Benjamin entstauben? Oder »die Trauer ausleben«, habe ich nicht dazu geraten? Ich könnte mich ja auch aufs leere Bett werfen und bitterlich schluchzen. Oder meine »Frustration zulassen« und mir eine »Pizza Größenwahn« von »Joey's Pizza Service« bestellen. Und wie wäre es mit Tipp Nr. 17: Schenk dir selber einen Blumenstrauß?

Aber all diese schönen Ratschläge sind an Flora vergeudet, sie sitzt nur dumm da und starrt auf ihre flauschigen Socken. Kein Wunder, dass Jonas lieber mit dieser quirligen Brooke-Elizabeth herumtollt. Nein, das ist wahrlich kein Wunder, liebe Flora.

*

Du lieber Himmel, fällt Leo kein anderes Gericht mehr ein als Gnocchi, Gnocchi, immer nur Gnocchi?

Seufzend lege ich die Speisenkarte zur Seite, sollen sich doch die anderen ihre Bäuche vollschlagen, ich werde bestenfalls ein Grissini knabbern.

Heidelindes Geburtstagsfest ist in vollem Gang, die Stimmung ist prächtig. Immerhin haben sich sogar männliche Wesen an unsere Tafel verirrt, zwei Visagisten und ein Kameraassistent, die nur ganz dezent miteinander flirten. Ob ihnen wohl Romy einen Extraauftrag versprochen hat für ihr Erscheinen?

Auf einem Beistelltischchen türmen sich liebevoll dekorierte Päckchen, Blumensträuße in Weinkühlern, Telegramme aus Mailand und Paris. Aber der Knüller war ganz eindeutig der Kochkurs, Heidelinde ist uns der Reihe nach um den Hals gefallen.

Ich türme Grissini-Brösel zu einer schützenden Mauer. Eine halbe Stunde werde ich noch absitzen, um mich dann möglichst unauffällig nach Hause zu verdrücken und diesen gelungenen Abend mit einer Wärmeflasche auf meinem empfindlichen Magen zu beschließen. Hier interessiert sich sowieso niemand für meine Gastritis.

»Was ist eigentlich mit diesem Jonas?«

Rundum wird es merklich stiller, vielsagende Blicke kreuzen sich. Vor ein paar Tagen noch hätte ich Dorothee auf diese indiskrete Frage mit Belanglosigkeiten abgefertigt. Aber plötzlich ist all meine Selbstsicherheit dahin.

»Ach, wir haben noch ein paarmal telefoniert. Und vorgestern Abend hat er mir dann aus heiterem Himmel zu verstehen gegeben, dass …«

»Halt, nichts sagen. Lass mich raten.«

Claire ist heute Abend ja erstaunlich gut drauf, hoffentlich hat sie ihrem Mann nicht ein paar Tabletten aus der Hausapotheke geklaut.

»Eine komplizierte Mutterbindung, stimmt's?«

»Ach was, Angst vor Nähe, damit kommen sie uns doch in neunundneunzig von hundert Fällen.«

»Ihr habt alle keine Ahnung, dieser Jonas ist garantiert als Kleinkind zu früh auf den Topf gesetzt worden und seither beziehungsunfähig.«

Ich mache dem vergnügten Quiz ein Ende.

»Ihr erratet es ja doch nie. Wir waren einfach *zu* glücklich miteinander.«

»Das darf doch nicht wahr sein.«

»Ich habe ja schon einiges an unmöglichen Ausreden gehört, aber das ist echt der Gipfel.«

»Dieser Schleimfurz.«

Ich werde plötzlich von allen Seiten umarmt und getätschelt, sogar Heidelinde an ihrem Ehrenplatz am Ende der Tafel beginnt sich für unseren Tumult zu interessieren.

»Was ist los, lasst mich mitlachen.«

»Floras Schweizer hat sich verflüchtigt. Er war *zu* glücklich mit ihr.«

Jetzt geht das Hallo erst richtig los, Leo, der Wirt, kommt aufgeregt angelaufen.

»Signorine, alles in Ordnung?«

Heidelinde ist ganz perfekte Gastgeberin.

»Alles bestens, Leo, und noch zwei Flaschen Prosecco bitte, wir wollen auf die Schweizer anstoßen.«

Leo fegt davon, dabei hätte ich noch eine Bestellung für ihn gehabt. Gnocchi all'arrabiata, nur ein ganz kleines Kostpröbchen fürs Erste, mein Magen ist noch etwas verstimmt.

13

Amsterdam ist voller Pärchen, ein grässlicher Ort. Hand in Hand verstopfen sie die Straßen und Brücken, turteln in Hauseingängen, halten die besten Tische in den kleinen Cafés besetzt. Dazwischen Jungfer Flora, an den Nägeln kauend, sich ungefähr so attraktiv fühlend wie ein Laib Goudakäse.

Endlich ist es dreizehn Uhr, und ich darf wie verabredet am Portal eines unscheinbar-gediegenen Backsteinhauses an der Prinzengracht läuten. Schräg über meinem Kopf beginnt eine schwenkbare Kamera diskret zu surren, ich bin versucht, kurz in der Nase zu bohren, lasse es dann aber lieber doch bleiben. Schön artig sein, dann sitzt du heute Abend im Flieger und brauchst nicht noch eine weitere Nacht an diesem pärchenverseuchten Ort zuzubringen, versprochen Flora.

Die Eingangshalle erinnert an gemütliche englische Landhotels, Blumenstiche an den holzgetäfelten Wänden, samtbezogene Fauteuils einladend in einer Ecke gruppiert. Dazu Blumensträuße auf gläsernen Tischen und gedämpfte Musik aus unsichtbaren Lautsprechern. Ich setze mich artig auf einen hölzernen Armlehnstuhl mit kariertem Polster und warte auf das Erscheinen einer Zofe im weißen Schürzchen, die Tee und Gurkenbrötchen serviert.

Statt dessen erscheint eine Frau im weißen Arbeitsmantel, die mit drei resoluten Schritten die gesamte Halle durchquert, die zarten Blumengestecke beben sachte wie bei einem leichten Erdbeben.

»Doktor Dijkstra?«

Wieso habe ich eigentlich mit einem Mann als Interviewpartner gerechnet? Weil ständig selbstzufrieden lächelnde Professoren auf dem Bildschirm erscheinen, wenn es eine neue Großtat auf dem Gebiet der künstlichen Befruchtung zu preisen gilt, diesem urmännlichsten Bereich? Da stehe ich, Reporterin des auflagenstärksten Frauenmagazins zwischen Hammerfest und Obergurgl, und starre verblüfft und beschämt auf die Frau vor mir.

»Sie sind von ›Marilyn‹, nicht wahr? Willkommen. Ich habe knapp zwei Stunden für Sie Zeit. Aber das müsste reichen, denke ich.«

Helene Dijkstra spricht Deutsch ganz ohne koketten Showmasterakzent, sie hat fünf Jahre lang in Berlin gelebt und gearbeitet, erst seit vergangenem Herbst ist sie wieder zurück in ihrer Heimatstadt. Das erfahre ich, knapp und schnörkellos, als wir zu ihrem Büro in den ersten Stock hochsteigen, über eine teppichbelegte Treppe. Ich mustere die Frau neben mir, mit der ich kaum Schritt halten kann, dabei ist mein eigener rascher Gang bei Fotografen durchaus gefürchtet. Vielleicht ist auch alles nur ein Irrtum, ich habe an der falschen Adresse geläutet und befinde mich im Heim der berühmten Zoologin Helene Dijkstra, die ihre Jugend bei den scheuen Pavianen von Zentralkongo verbracht hat, ehe sie von einem Schweizer Missionarsehepaar aufgespürt und in mühseliger liebevoller Erziehungsarbeit an die Zivilisation gewöhnt wurde.

»Sie wundern sich, nicht wahr?«

Ertappt zucke ich zusammen, aber Doktor Dijkstra hält mir bereits schwungvoll die Tür zu ihrem Büro auf, räumt einen Stapel Papier von einem schwarzledernen Drehsessel und drückt mich freundlich-energisch darauf nieder. Dann nimmt sie selbst hinter ihrem Schreibtisch Platz und klopft eine Zigarette aus einer zerknautschten Packung. Ich schüttle dankend den Kopf, mein Gegenüber inhaliert einen tiefen Lungenzug und lehnt sich genüsslich zurück.

»Sehr vernünftig, dass Sie nicht rauchen, Flora. Ich darf Sie doch so nennen? Mein Vorname ist Helene, so das wär's. Also, was haben Sie für Fragen, wie genau soll Ihr Artikel ausschauen?«

Diese Frage liebe ich ganz besonders. Woher soll ich wissen, wie mein Artikel aussehen wird, den ich demnächst, irgendwann, aber ziemlich sicher um vier Uhr früh, in meine elektrische Schreibmaschine klopfen werde? Und welche klugen Fragen werden von mir erwartet? Bin ich vielleicht Spezialistin für künstliche Befruchtung? Wer verirrt sich überhaupt hierher in dieses seltsame Haus in dieser Stadt am Wasser?

»Nun, abgesehen von den medizinischen Fragen, die wir unbedingt noch ausführlich erörtern müssen, interessiert es uns natürlich sehr, wie sich ihre Klientel zusammensetzt und wie genau ein solcher …, äh …, Vorgang abläuft …«

Helene schnippt die Asche von ihrer Zigarette, einer filterlosen übrigens, und blickt mich ein wenig spöttisch an. Nun ja, dass ich für diese Frage nicht den Pulitzerpreis zuerkannt bekomme, das weiß ich selbst.

»Unsere Klientel, und zwar sowohl die Spender als auch die Empfängerinnen, ist international gemischt und wird nach strengen Maßstäben von uns ausgesucht. Unser Institut hat vor vier Jahren eröffnet und seither kein einziges Mal Werbung betrieben. Wir gelten als äußerst diskret und seriös und bekommen neue Kundschaft nur durch Weiterempfehlung.«

»Ich verstehe Ihre Diskretion, aber könnten Sie mir trotzdem etwas mehr über Ihre Kundschaft erzählen?«

Das Wort Patientinnen vermeide ich wohlweislich, es würde auch gar nicht in diese gediegene Landhausatmosphäre passen.

»Nun, unter den Spendern sind bemerkenswerterweise sehr viele Naturwissenschaftler. Vielleicht ist es die Lust am Experiment, die emotionslosere Betrachtungsweise des Zeugungsvorganges, die gerade solche Männer zu uns führt. Wir sind jedenfalls sehr froh darüber, da wir natürlich auch auf den entsprechenden intellektuellen Hintergrund großen Wert legen. Neben all den Gesundheitstests, Aids oder Erbkrankheiten betreffend, etc. etc. Aber das versteht sich ja alles von selbst.«

Natürlich, selbstverständlich, logo.

Ich sehe sie geradezu vor mir, all diese Ingenieure und Geologen, gesund und intelligent, hochgewachsen, gänzlich frei von Kariesbefall und Fußpilz. Müssen die eigentlich höchstpersönlich in der Prinzengracht vorbeischauen? Wenn ja, dann würde es sich doch lohnen, hier mit einem platten Reifen oder einem verstauchten Knöchel herumzulungern. Nicht für mich natürlich, aber wenn ich zum Beispiel an die arme Lotte denke …

»Müssen Ihre Spender eigentlich persönlich hier … äh … das … äh … Programm absolvieren, oder …«

Helene hat unendliche Geduld mit mir.

»Natürlich nicht. Wenn das Sperma sofort entsprechend gekühlt transportiert wird, dann kann es auch aus Übersee eingeflogen werden. Von amerikanischen Universitäten erhalten wir sogar überdurchschnittlich viele Proben.«

Allmählich beginnt dieses unscheinbare Haus seinen vollen Zauber für mich zu entfalten. Undenkbar, was hier an kleinen schleimigen Schätzen lagert: Gene von ausgesucht schönen Wissenschaftlern und Forschern, groß, blond, amerikanisch, in seiner Jugend war er Kapitän der Footballmannschaft, in seinem Ralph-Lauren-Sweater Schwarm aller Mädchen am Campus …

»… gilt natürlich auch für die Empfängerinnen, die sich in unserem Institut ausschließlich aus der sogenannten A-Klasse rekrutieren. Das heißt bildungs- und einkommensmäßig, aber auch, ganz unter uns gesagt, die persönliche Ausstrahlung betreffend. Ich bin immer wieder erstaunt, was für attraktive und erfolgreiche Frauen bei uns Hilfe suchen.«

»Und trotz dieser Eigenschaften ziehen solche Frauen es vor, sich bei Ihnen befruchten zu lassen statt auf … äh … natürlichem Weg?«

»Ja, gerade solche Frauen, habe ich immer wieder festgestellt. Frauen, die so ungefähr bis zum fünfunddreißigsten Lebensjahr vollauf mit ihrer Ausbildung und Karriere beschäftigt waren, und dadurch ihr Privatleben, gewollt oder ungewollt, vernachlässigt haben. Dann sind sie erfolgreich und natürlich auch selbstbewusst und haben entsprechende Vorstellungen von einem möglichen Kindesvater. Aber eine solche Nadel im Heuhaufen zu finden, das kostet vor allem Zeit und Geduld, und das haben unsere Kundinnen nicht. Also wenden sie sich an unser Institut, es garantiert ihnen Spendersamen von gesunden und intelligenten Männern, ohne unerquickliche Verwicklungen, wie sie höchstwahrscheinlich eine Affäre zum Zwecke der Empfängnis mit sich bringen würde.«

Mein Aufnahmegerät surrt, ich starre auf die Frau, die da so selbstbewusst und gelassen vor mir sitzt.

»Klingt ein wenig nach Lebensborn, um ehrlich zu sein.«

Helene Dijkstra zuckt mit keiner Wimper.

»Ach, wissen Sie Flora, fast meine ganze Familie ist in

deutschen Konzentrationslagern umgekommen. Ich habe mit der Ideologie des sogenannten Lebensbornprinzips sicherlich nichts zu schaffen. Aber die Lebensumstände haben sich in den vergangenen Jahrzehnten einfach rasant geändert, ganz besonders für Frauen, die sich weit vorwagen. Es macht mir Spaß, die neuesten Erkenntnisse der Medizin so einzusetzen, dass Frauen über ihr Leben endlich wirklich selbst bestimmen können. Bis hin zur Mutterschaft, für die sich unsere Patientinnen wohl so bewusst entscheiden wie kaum jemand anderer.«

Touché.

Wir schweigen ein bisschen, ich würde gerne eine Zigarette rauchen. Aber ich begnüge mich damit, ausführlich meine Nase zu putzen und in meiner Handtasche zu kramen. Helene Dijkstra zündet sich ihre dritte Zigarette an, diese kleine Schwäche tut mir wohl.

»Haben Sie eigentlich Kinder, Flora?«

Diese Frage trifft mich unvorbereitet, normalerweise bekommen Journalisten von ihren Interviewpartnern keine Fragen gestellt, und schon gar keine so persönlichen.

»Nein.«

Ich merke selbst, wie schroff das klingt, aber es fällt mir beim besten Willen kein einziges weiteres Wort zu diesem Thema ein.

»Und Sie, haben Sie Kinder? Sie sitzen doch sozusagen an der … äh … Quelle?«

Das ist nun wirklich etwas provokant formuliert, aber Helene Dijkstra lacht zum ersten Mal, seitdem wir uns kennen, ihre Zähne sind so schimmernd weiß wie ihr gestärkter Arbeitsmantel.

»Nein, ich habe auch keine Kinder. Es ist der klassische Fall, ich habe dieses Projekt immer wieder verschoben, und jetzt ist es fast schon zu spät. Und ich denke auch nicht, dass ich noch der Versuchung erliegen werde, die dieses Haus für eine Frau wie mich darstellt. Um ehrlich zu sein … es käme mir einfach zu komisch vor.«

Wir müssen beide lachen. Dann steht Helene unvermittelt auf und drückt ihre Zigarette aus.

»Ich denke, wir sollten nun einen kleinen Rundgang durchs Haus machen. In knapp einer Stunde beginnt mein eigentlicher Turnus, dann habe ich zwei Patientinnen zu betreuen, die extra für diesen Termin angeflogen sind. Sie rechnen beide in den nächsten Tagen mit ihrem Eisprung.«

Gleich neben Helene Dijkstras Büro ist hinter einer holzgetäfelten Tür ein kleiner Lift verborgen. Meine Begleiterin tippt einen Zahlencode ein und wir fahren in den zweiten Stock. Hier sieht es schon entschieden mehr nach Klinik aus, die Gänge sind weißgekachelt, hinter gepolsterten Türen befinden sich Behandlungszimmer, die offensichtlich mit den allermodernsten Apparaturen bestückt sind. Zwei junge Frauen und ein Mann kommen uns entgegen, alle drei in weißen Mänteln, wechseln bedeutungsvolle Blicke mit Helene – aha, die Presse – und verschwinden im Lift.

Die silberglänzende Tür am Ende des Ganges ist mit Schlössern gesichert wie ein Tresorraum. Aber Helene Dijkstra besitzt alle Schlüssel. Wir passieren einen schmalen Korridor, gehen durch eine weitere Schwingtüre mit Milchglasscheiben – und stehen im Allerheiligsten.

Neonlicht erhellt einen schmucklosen Raum bis in den letzten Winkel, an der Längsfront zu unserer Rechten stehen mattschimmernde Kühlschränke aufgereiht. Helene öffnet den ersten und zieht ein schwenkbares Gitter heraus. Eisiger Nebel umgibt die versiegelten Phiolen, in denen eine weißliche Flüssigkeit schimmert, wie pürierte Austern. Auf jeder Phiole befindet sich ein Metallplättchen mit einer eingestanzten Zahlenfolge. Die Frau neben mir schlingt die

Arme um ihren Leib, aber ich bin viel zu fasziniert, um zu frösteln.

»Doktor Dijkstra?«

Eine Schwester steckt den Kopf zur Tür herein, macht eine einladende Bewegung. Helene Dijkstra drückt die schwere Kühlschranktüre wieder zu, nicht ganz, und schenkt mir ein entschuldigendes Lächeln.

»Offenbar werde ich gebraucht. Ich bin sofort wieder bei Ihnen.«

Dann folgt sie der Schwester, ich bleibe allein zurück.

Ich habe mich nur kurz umgesehen, da erscheint Helene wieder im Türrahmen.

»Eine der beiden Patientinnen, von denen ich vorhin gesprochen habe, ist etwas verfrüht eingetroffen. Aber ich denke, das Wichtigste haben Sie gesehen.«

»Oh ja, vielen Dank, es war wirklich unglaublich interessant. Sollte ich noch Fragen haben, darf ich Sie dann anrufen?«

»Selbstverständlich. Gerade in unserem Metier werden so viele Halbwahrheiten verbreitet, dass es mir lieber ist, wenn Sie nachfragen.«

Der riesige Kühlschrank wird verschlossen, die Tresortür fällt mit einem leisen Klicken hinter uns zu. Wir passieren wieder den gekachelten Gang, fahren mit dem Lift, diesmal gleich bis in die Eingangshalle im Erdgeschoss. Sie wirkt noch immer wie die Lobby eines englischen Landhotels, nur dass die Gäste und der Portier offenbar einer geheimnisvollen Krankheit zum Opfer gefallen sind. Es fröstelt mich ein wenig, wahrscheinlich eine verspätete Reaktion auf die arktische Atmosphäre vorhin.

Wir verabschieden uns knapp und sachlich, Frau Doktor Helene Dijkstra hat es sichtlich eilig, zu ihrer Patientin zu kommen. Ich würde nur zu gerne einen Blick auf sie werfen.

Wer weiß, vielleicht ist mir ihr Name sogar bekannt, eine der Karrierefrauen, denen »Marilyn« so gerne ausführliche Porträts widmet, eine Bankerin oder gar eine Politikerin … Aber ein kurzer Blick auf das Gesicht von Helene Dijkstra sagt mir, dass ein solches Ansinnen jegliche Gesprächsbasis zwischen uns zunichtemachen würde.

Ich trete hinaus auf die Prinzengracht. Radfahrer trudeln gemächlich vorüber, ein altes Paar kommt von der gegenüberliegenden Brücke. Die Frau trägt einen Henkelkorb, aus dem Porreestangen ragen, der Mann greift nach ihrem Arm, als sie über die Stufen am Ende der Brücke steigen. Ich schaue ihnen nach, bis sie hinter geparkten Autos verschwinden.

*

Frankfurt ist der Flughafen, den ich am meisten auf der ganzen Welt liebe. Hier bin ich umgestiegen, als ich das erste Mal für eine Story fliegen durfte, auf Spesen, um einen blonden Heldentenor im Berliner »Intercont« zu interviewen, der an maßloser Selbstüberschätzung und schwindendem Stimmvolumen litt.

Der blonde Tenor verdingt sich mittlerweile auf zweitklassigen Musicalbühnen, aber der Transitbereich des Frankfurter Flughafens hat für die kleine Flora nichts an Faszination eingebüßt. Gerne trödelt sie hier ein wenig umher, streicht durch den Duty-free-Shop, schnuppert sich die Herrendüfte entlang. »Grey Flannel«, nicht schlecht, »Aramis«, nein danke, »Davidoff«, na ja. Irgendwann wird einer kommen, und er wird nach »Fahrenheit« riechen …

Auf den riesigen schwarzen Ankunfts- und Abflugtafeln blinken die magischen Orte dieser Welt auf, Hongkong und Madras, Peking und San Francisco. Großfamilien lagern auf ledernen Ruhebänken, Kinder greinen, Geschäftsmänner mit schwerwiegenden Aktenkoffern blättern in der rosafarbenen »Financial Times«. Eine Frau im Sari stillt ihr Kind.

Ich sitze unter den Blättern einer künstlichen Palme und nippe an meinem Kaffee, er ist schwarz und glühend heiß. Gleich wird mein Flug aufgerufen, in zwei Stunden bin ich zu Hause, das müsste reichen, um meinen Schatz im Kühlschrank zu deponieren.

Ich öffne den Zipp meiner Handtasche und blicke hinein, wohl zum hundertsten Mal in den vergangenen drei Stunden. Da liegt sie, zwischen Geldbörse und Schlüsseln, Kosmetiktäschchen und Kleenextüchern, eine eisige Phiole in einer Dose aus Metall, ich habe einfach nach dem nächstbesten Behälter gegriffen.

Menschen hasten vorüber, die Frau im Sari stillt noch immer ihr Kind. Die Luft schmeckt irgendwie nach Glück.